Enfeitiçados pelo desejo

SYLVIA DAY

Enfeitiçados pelo desejo

1ª reimpressão

Quinta Essência

LeYa

Diretor editorial: Pascoal Soto
Editora executiva: Maria João Costa
Preparação de texto: Beatriz Sarlo
Revisão de texto: Rafael Alverne
Diagramação: Abreu's System
Design de capa: Ideias Compeso

2014

TEXTO EDITORES LTDA.
[Uma editora do Grupo Leya]
Rua Desembargador Paulo Passaláqua, 86
01248-010 – Pacaembu – São Paulo – SP – Brasil
www.leya.com.br

G

Sumário

UM TIPO FAMILIAR DE MAGIA

Capítulo um

O Caçador tinha finalmente chegado.

Victoria o estudou cuidadosamente através do painel do circuito fechado que monitorava a área da recepção do seu escritório. O terno Armani que usava não conseguia esconder o predador que o vestia. Alto e moreno, o Caçador movia-se com uma arrogância descuidada que a fazia ronronar. Ele não olhou em volta, mantendo o foco no momento em que eles estariam juntos na mesma sala. Sozinhos.

Quando ela esfregou as mãos, um grunhido gutural encheu o ar. O Conselho Superior estava pronto para se meter com ela de novo. Ela sorriu e se enfeitou, como era da natureza de sua espécie. Esse Caçador era poderoso, e podia sentir isso mesmo através das paredes que os separavam.

Era uma prova de seu talento eles terem enviado um bruxo desse nível apenas por sua causa. Ela não pôde deixar de se sentir lisonjeada. Afinal, havia quebrado as leis de propósito, deliberadamente conjurando os mesmos poderes que haviam roubado Darius dela. E aqui estava o seu "castigo", entrando em seu escritório com aquelas longas passadas irresistíveis. Ela não poderia estar mais feliz com sua estratégia.

Ele abriu um sorriso devastador para a recepcionista antes de fechar a porta. Em seguida, virou-se para Victoria e tirou os óculos escuros.

Oh, meu Deus.

Ela cruzou as pernas vestidas com uma meia-calça de seda para aliviar a dor súbita entre elas.

Penetrantes olhos cinzentos a avaliaram, vindos de um rosto tão austeramente bonito que ela estava quase inclinada a deixar seu lugar e esfregar-se contra ele. *Aquela mandíbula firme... aqueles lábios esculpidos...*

Mas é claro que ela não podia. Primeiro tinha que conferir se ele iria revelar quem era ou se pretendia fingir. O Conselho Superior ainda não tinha percebido quanto poder Darius tinha legado a ela. Eles não haviam percebido o quanto sua consciência se aprofundara.

O olhar dela moveu-se para a miniatura moldada em cristal sobre a mesa e, em seguida, para o homem com a covinha libertina que sorria carinhosamente. Capturado belamente em pinturas a óleo, reflexos de ouro brilhando em seu cabelo loiro, a visão de Darius trouxe uma dor familiar de perda e sofrimento que fortaleceu sua determinação. O desperdício de sua vida inundou-a com uma necessidade de acerto de contas.

Levantando-se, Victoria estendeu a mão. O Caçador a pegou vagarosamente, a força palpável em seu toque o traindo.

"Sr. Westin", ela respirou, lutando contra um delicioso arrepio. Ela teria que agradecer ao Conselho por esse presente quando tivesse terminado com ele. Ele era tão moreno – sua pele, seu cabelo negro, sua aura. Sexo encarnado. Ela podia sentir-lhe o cheiro, senti-lo com sua proximidade. Eram óbvios os motivos que faziam dele um caçador de sucesso. Ela já estava molhada e ansiosa.

Max Westin segurou sua mão um pouco mais longamente, seu olhar de cílios fartos afirmando claramente suas intenções de tê-la, de domá-la. Como todos os felinos, Victoria gostava de jogar, por isso roçou a ponta dos dedos pela palma da mão dele enquanto se afastava. Seus olhos se arregalaram de forma quase imperceptível, um sinal sutil de que ela poderia chegar mais perto, se fizesse um esforço.

Claro, ela tinha a intenção de fazer exatamente isso. O Conselho enviava apenas os Seus melhores e mais valiosos Caçadores atrás dela, e ela sabia como Eles se frustravam quando Sua elite se deparava com o fracasso abjeto. Era a única coisa que podia fazer para evitar a sensação de impotência – deixar-lhes uma dura lembrança de como Darius tinha sido grande e do que Eles haviam perdido com seu sacrifício desnecessário.

"Srta. St. John." A voz de Westin era uma carícia áspera. Tudo o que emanava dele era um pouco ríspido, um pouco violento. Uma criatura primitiva. Assim como ela.

Victoria indicou-lhe a cadeira na frente de sua mesa com tampo de vidro. Desabotoando o casaco, Max afundou no assento, suas calças azuis escuras encobrindo as coxas firmes e uma impressionante protuberância entre elas.

Ela lambeu os lábios. *Hmm...*

Um lado de sua boca se curvou em um sorriso. Max Westin estava bem ciente de como era atraente, o que o tornava irresistível para ela. A confiança era uma qualidade que ela possuía em doses fartas, assim como um toque de maldade, e Westin definitivamente também tinha isso nele... A aura escura traía as bordas de magia negra que ele contornava. Ela duvidava que o Conselho exercesse mais controle sobre ele que sobre ela.

Já gostando imensamente do que via, Victoria afundou-se em sua cadeira, ajeitando as pernas debaixo da saia lápis preta para que fossem exibidas pelo melhor ângulo.

"O museu pede sinceras desculpas pela perda de seu colar", ele começou.

O sorriso dela alargou-se. Ele não iria revelar sua identidade. *Delicioso*. "Você não parece o tipo curador para mim, Sr. Westin."

"Estou aqui em nome da companhia de seguros do museu. Obviamente, uma perda dessa magnitude requer uma investigação."

"Isso é muito reconfortante, com certeza."

Observando-o através do véu de seus cílios, Victoria reparou na energia que denunciava sua natureza inquieta. Seus lábios firmes e cheios insinuavam delícias pecaminosas. Ela gostava de homens pecadores, enérgicos. Este era um pouco rígido para o seu gosto, mas poderia mudar com a tática certa. Mais cedo ou mais tarde, todos eles sucumbiam. Era a única parte do jogo que a desapontava – a rendição.

"Você parece extremamente tranquila", Westin murmurou, "para uma mulher que acabou de perder uma joia de valor inestimável."

Os pés de Victoria se contraíram. Sua voz era profunda e um pouco rouca, como se ele tivesse acabado de sair da cama. Era formidável, como o resto do corpo. Os ombros eram largos, mas magros, e cada movimento que ele fazia causava uma ondulação graciosa nos músculos afinados.

"Entrar em desespero não vai adiantar nada", disse ela, mexendo os ombros. "Além disso, você está aqui para encontrar o colar e parece... capaz disso. Com que eu haveria de me preocupar?"

"Que eu não o recupere. Sua confiança na minha capacidade é lisonjeira, Srta. St. John, e nem um pouco injusta. Sou muito bom no que faço. No entanto, às vezes as coisas não são o que parecem."

Era um aviso, puro e simples.

Pensativa, ela se levantou e caminhou até a parede de janelas atrás de sua mesa. Apesar de estar de costas para ele, Victoria sentiu o calor de seu olhar acariciando o comprimento do seu corpo. Tocou as pérolas que enfeitavam seu pescoço e contemplou o horizonte da cidade. "Se for preciso, eu simplesmente compro outro. Tudo pode ser comprado por um preço, Sr. Westin."

"Nem tudo."

Intrigada, Victoria virou-se, surpresa ao vê-lo se aproximando. Ele tomou posição ao lado dela, seu olhar sobre a vista, mas sua atenção totalmente voltada para dentro. Ela sentiu o brilho do poder dele avançar sobre ela, em busca de sua fraqueza.

Incapaz de resistir ao perigo, ela esfregou seu ombro contra ele e aspirou o aroma rico, masculino de sua pele – uma mistura de perfume de mil dólares com o puro Max Westin. Sua respiração tornou-se superficial, sua frequência cardíaca acelerou. Perdendo sua perspectiva, Victoria se afastou. Muito tempo havia se passado desde que ela tinha se entregado a um homem poderoso. Muito tempo. Os outros Caçadores eram astutos e sedutores. Westin tinha isso e uma magia muscular em estado puro.

"Max", ela chamou baixinho, apressando a familiaridade entre eles usando seu primeiro nome.

"Hmm?"

Ela olhou por cima do ombro. Ele estava seguindo-a. Perseguindo-a. Lembrando-lhe de que ele era o predador ali.

Ah, pode ser divertido. Se ele quisesse jogar.

"Jante comigo."

"Na minha casa", ele concordou.

Ela foi até o bar e pegou duas garrafas de vidro de leite, uma escolha deliberada, que demonstrou seu conhecimento. Certamente ele sabia como ela funcionava. Mas ele sabia por quê?

Será que Westin sabia que no último suspiro de Darius ele havia transferido sua magia para ela, tornando-a muito mais poderosa que um Familiar comum? Será que Westin sabia que ela tinha sido amada por seu bruxo, e que era o amor que lhe dava a capacidade de fazer suas próprias escolhas agora?

Antes do presente de Darius, ela tinha sido como os outros Familiares. O Conselho Superior atribuía os emparelhamentos entre sua espécie e os seus homólogos mágicos, independentemente de seus desejos. Alguns Familiares estavam descontentes com seus parceiros. Ela teve sorte na primeira vez, ao encontrar um amor com Darius que transcendia o tempo. Agora, por causa desse amor, ela era demasiado poderosa para ser contrariada. Nos últimos dois séculos, desde que ela o havia perdido, nenhum outro bruxo conseguira domá-la. Westin não seria melhor. Ela amara uma única vez, e profundamente. Nunca haveria outro bruxo para ela.

Balançando seus quadris e oferecendo um sorriso sedutor, ela o encarou. "Que tal na minha casa?"

"Não." Ele pegou a garrafa de sua mão estendida, seus dedos se enovelando deliberadamente sobre os dela e permanecendo lá. Fixando-a no lugar. "Victoria."

O nome dela, apenas uma palavra, mas dita com tal possessão que ela quase podia sentir o colar em volta do pescoço. Caçadores não mantêm Familiares, eles os pegam e os passam para bruxos menores. Ela nunca se permitiria ser disponibilizada dessa forma novamente.

Então eles se levantaram, tocando-se, se dimensionando um ao outro. Ela inclinou a cabeça e deixou seu interesse vir à tona, não que pudesse escondê-lo com seus mamilos duros e óbvios debaixo de sua camisa de seda verde. Seu peito subia e descia no ritmo da respiração ofegante, o sangue se aquecendo graças à sua proximidade e ao aroma sombriamente sedutor que emanava dele. Era tão alto, tão forte, tão intenso. Apenas a mecha sedosa de cabelo escuro que cobria seu rosto suavizava suas feições absolutamente masculinas. Se ele não fosse um Caçador, ela estaria rastejando sem pudores.

Quando o olhar dele caiu para a elevação de seus seios, sua boca se curvou em um sorriso carnal. "Aposto que cozinho melhor", murmurou baixinho, seus dedos acariciando os dela, enviando faíscas de consciência através dela.

Ela fez um beicinho. "Você não vai saber se não vier."

Ele se afastou, desaparecendo seu charme instantaneamente. "Na minha casa ou vou ter que recusar."

Victoria desejou estar em sua forma felina para que pudesse chicotear rapidamente sua cauda nele. Max Westin estava definitivamente acostumado a conseguir o que queria. Ele era um Dominante, como eram todos os Caçadores. Pena que ela também o era.

"É uma pena." E ela realmente sentiu o que disse, sua decepção foi dolorosa. A casa dele não era uma opção. Quem sabia que feitiços ele iria lançar lá? E que brinquedos ele possuía...? Seria igual a entrar em uma gaiola.

Ela ignorou a emoção que esse pensamento lhe trouxe.

"Você mudou de ideia?" A surpresa dele era tangível.

Esse homem definitivamente não estava acostumado a ouvir não.

"Eu o convidei para jantar, Sr. Westin, e você colocou restrições sobre o convite." Acenou com a mão em direção à porta, num gesto de despedida planejado para irritá-lo. "Não tolero restrições."

Um aviso de volta para ele.

Ao constatar que ele permanecia imóvel, ela ronronou mais forte, um som suave de estrondo que fez o músculo da mandíbula dele trincar.

Então... a furiosa atração era recíproca. Isso a fez se sentir um pouco melhor sobre o tempo que seria necessário para ficar com ele...

Com movimentos calmos e deliberados, Westin ergueu a garrafa e bebeu, os músculos trabalhando em sua garganta e fazendo a boca ficar seca. A ameaça implícita em suas ações não passou despercebida para ela.

Então ele colocou o recipiente vazio na borda da mesa e veio em sua direção, abotoando o paletó antes de apertar a mão dela. Seu toque queimou, mesmo que sua pele estivesse fria e molhada com a condensação. Seu olhar era tão gelado como aquele contato. Ele se recomporia e voltaria, ela sabia.

E ela estaria esperando.

Victoria passou novamente os dedos pela palma da sua mão antes de liberá-lo. "Vejo você em breve, Max."

Max saiu do St. John Hotel e xingou furiosamente. Rangendo os dentes, lutou contra a ereção que ameaçava envergonhá-lo na calçada lotada.

Victoria St. John era um problema.

Ele soube disso no momento em que o Conselho o convocou. Domar os selvagens era uma tarefa para feiticeiros menores, mais novos. O pedido o assustou no início, em seguida o intrigou. Quando conheceu sua presa, no entanto, ele entendeu.

Astuta e brincalhona, Victoria se movia com a graça natural de um gato. Cabelo preto curto e olhos verdes levemente inclinados para cima faziam dela uma tentação irresistível. Ele tinha visto a foto dela uma centena de vezes e não sentiu nada mais do que uma simples admiração por um rosto bonito. Pessoalmente, no entanto, Victoria era devastadora, totalmente sensual e quente. Um pouco magra demais para o seu gosto, mais ágil do que cheia de curvas, mas as pernas... aquelas pernas impossivelmente longas... Logo estariam envolvidas em torno de seus quadris enquanto ele estocava seu pênis profundamente dentro dela. Mas não seria fácil. Ela havia deixado isso bem claro com seu sorriso.

Ela sabia quem e o que ele era, o que significava que os rumores de seu poder eram verdadeiros. Ela não era uma Familiar qualquer.

Balançou a cabeça. Darius tinha sido um tolo. Familiares precisavam da mão forte de um bruxo ou viravam selvagens. Victoria era um excelente exemplo. Ela já era muito selvagem, desafiando o Conselho Superior a cada movimento.

Ela também o desafiou.

Intrigado e atraído ao mesmo tempo, Max repassou mentalmente as informações que havia coletado antes de se aproximar dela. Victoria era uma das figuras mais proeminentes de sua espécie; suas sagazes relações de negócios a levaram de uma franquia de motel a proprietária de uma das maiores cadeias de hotéis de luxo no país. Até a morte de seu bruxo, ela havia sido um membro estimado da comunidade mágica. Sua selvageria desde a morte de Darius reforçou a posição do Conselho de que era melhor se os emparelhamentos fossem feitos com o cálculo mental sem considerar os assuntos do coração. Ocasionalmente, o amor aparecia de qualquer maneira, como aconteceu com Victoria, mas isso era muito mais raro com a intervenção do Conselho.

Max virou a esquina e entrou numa rua lateral. Usando seus poderes, percorreu a distância de toda a cidade até a sua cobertura em um piscar de olhos. Lá, caminhou incansavelmente pelo piso de cimento lavado com ácido, todos os nervos no limite. Ele não tinha dúvida de que Victoria St. John havia roubado o seu próprio colar. Teria sido impossível para um ser humano realizar o roubo.

A segurança do museu era muito sofisticada. Victoria tinha feito isso porque sabia que a ousadia do seu ato traria um outro Caçador atrás dela. O Conselho havia trabalhado incansavelmente para manter oculta dos humanos a existência de sua espécie. Seu descaso pelas leis teria de ser interrompido antes que essa existência fosse revelada.

Mas por que ela estava agindo dessa maneira? Isso era o que ele não entendia. Tinha de haver uma razão, para além da falta de um bruxo. Ela estava muito segura de si, muito calculada. Sim, ela precisava de algum freio, mas não estava fora de controle. Antes que ele a soltasse, estava determinado a descobrir qual era a sua real motivação.

Respirando pesadamente, Max olhou ao redor de sua casa, um enorme apartamento envolto em silêncio e feitiços protetores. As paredes em cinza-claro e os sofás escuros sem braços haviam sido chamados de frios e estéreis por algumas de suas submissas, mas ele achava a decoração suave, absorvendo a energia do lugar com a facilidade de uma respiração. Teria sido mais simples domá-la aqui, onde todas as ferramentas de seu ofício estavam disponíveis. Mas, mesmo enquanto pensava nisso, ele percebeu que algo diferente seria necessário para ter sucesso onde outros falharam.

Domar Victoria demandaria uma abordagem especial. O poder dela havia sido aumentado de alguma forma; foi com surpresa que ele sentiu a carga que ela trazia. Isso explicava como ela havia conseguido evitar a captura por todos estes anos. Ele teria que tomá-la, não apenas sexualmente, mas em todos os sentidos. Ela teria que ser dominada, como todos os bons Familiares eram, mas ele teria de fazê-la *querer* isso. Ela teria que voluntariamente se submeter – corpo e alma – para que a coleira aparecesse, já que seus poderes impediam a domesticação de costume, sem o seu consentimento.

Enquanto Max pensava em todas as coisas que iria fazer com ela, a mágica corria por seu sangue em uma onda aquecida. Não podia negar que o pensamento de domá-la em breve o encheu de expectativa. Não pela tarefa, com a qual ele estava acostumado em suas horas livres, mas pela mulher com quem ele iria trabalhar. O simples pensamento da submissão total de Victoria retesava todos os músculos em seu corpo. Aquele fogo que viu em seus olhos e o desprezo descuidado dela diante de sua superioridade hierárquica – não por ignorância, mas pela emoção do jogo. Pela primeira vez, havia uma remota possibilidade de fracasso e isso aguçou o seu apetite como nunca antes.

Max perguntou-se para quem ela seria atribuída quando terminasse com ela. Ela seria sempre mais forte que os outros Familiares, e ele se recusava a quebrá-la. Uma Familiar quebrada carecia da vitalidade necessária para ser verdadeiramente útil.

O cabelo em sua nuca se arrepiou com a consciência, lembrando-o da intimação antes de Eles falarem.

Você já se encontrou com a selvagem? o Conselho perguntou. Centenas de vozes falando em uníssono.

"Ela não é selvagem", ele corrigiu. "Ainda não."

Ela não pode ser domada. Muitos já tentaram. Muitos falharam.

Ele parou, cauteloso. "Vocês me pediram para capturá-la. Foi isso o que eu concordei em fazer. Não vou matá-la sem tentar primeiro. Se o que vocês querem é um assassinato, vão ter de encontrar outra pessoa."

Não há outro Caçador com o seu poder, Eles argumentaram. *Você sabe disso.*

"Então, permita-me fazer uma tentativa de salvá-la. Ela é única. Seria um desperdício perdê-la." Passando a mão pelos cabelos, Max soltou a respiração. "Se essa é a questão, vou fazer o que for necessário."

Aceitamos sua sugestão.

Ele deveria ter se sentido tranquilizado por isso. Mas não se sentiu. "Vocês já decidiram para onde eu devo levá-la quando for domesticada?"

Claro.

Sua mandíbula contraiu-se com a resposta vaga, a expansão da possessividade não desejada, mas mesmo assim presente. A relação entre o dominador e sua submissa era única para cada par e exigia uma profundidade de confiança que não era facilmente transmitida para outros indivíduos. Essa seria a primeira vez que ele tentaria, e não se sentia muito confortável com a ideia. "Vá, então. Deixe-me planejar."

Quando a presença evanescente do Conselho desapareceu, o desejo de convocar Victoria com seu poder e começar imediatamente a domesticação era forte. Mas ele ponderou. Sua ânsia estava mal colocada e era imprópria. Ele amava a caça, apreciava a domesticação, mas não pretendia apressar as coisas. A dominação adequada levava tempo, algo que a visita do Conselho disse que não seria possível. Ele tinha algumas semanas, no máximo.

Max resmungou enquanto seu pênis se endurecia por antecipação. Algumas semanas com Victoria.

Ele estava pronto para começar.

Capítulo dois

Inquieta e nervosa, Victoria girou no dedo o colar de safira e diamantes que havia roubado do museu, e pensou que talvez houvesse finalmente atingido demasiado forte o Conselho Superior. Uma breve pesquisa sobre Max Westin revelou que sua presa habitual não era o seu tipo, mas os Outros, aqueles que haviam cruzado a fronteira para a magia negra e não poderiam ser salvos. Max era respeitado por salvar milhares, destruindo os poucos que causariam estragos com seu mal.

Esse conhecimento trouxe preocupação. Ela era agora um Outro? Considerando que Max era normalmente enviado atrás de tudo o que o Conselho queria ver morto, parecia que ela era. Ele era uma lenda, um herói prestes a ser promovido ao Conselho. Ela teria sabido disso se tivesse sido um membro ativo de sua comunidade, em vez de uma pária. O que a deixou com uma pergunta que passara anos tentando responder – seu objetivo final era morrer? Ela, na verdade, alimentava um desejo de morte agora que Darius tinha ido embora? Ela sabia que era forte o suficiente para lutar contra a coleira, mas não tanto para lutar contra um bruxo de considerável poder como Max. E ainda assim ela deliberadamente havia estimulado sua perseguição.

Incomodada com o rumo de seus pensamentos, fez o que sempre fazia – dirigiu seu foco para a ação, em vez de para a reação. Já que não podia enfrentar Max de igual para igual e vencer, teria de chegar até ele de outra maneira.

Precisaria seduzi-lo, fazê-lo cuidar dela. Isso seria um golpe cruel no Conselho. Seria, de fato, a vingança final. O Conselho raramente promovia alguém. Na verdade, o último a receber essa honraria havia sido Darius, e ele a recusou porque isso significaria perdê-la. Rejeitando a segurança do comando à distância, havia permanecido como soldado de infantaria, e Eles o haviam punido com as atribuições mais brutais, levando-o à sua morte. O Conselho haveria de se arrepender disso, ela podia garantir.

E não podia esperar para começar.

Maldito Max Westin por ser tão teimoso! Se tivesse ido jantar como ela queria, ela poderia estar se esfregando contra aquele lindo corpo masculino agora. Ela podia estar lambendo sua pele, mordendo sua carne, fodendo com ele até não aguentar mais.

Vingando seu amado Darius da única maneira que ela sabia.

Max era o caçador perfeito para consumar essa vingança. Victoria podia imaginá-lo facilmente amarrado à sua cama e voltado ao prazer dela. Todos aqueles músculos ondulantes e poder voluptuoso. O Bruxo de Ouro do Conselho enlaçado em sua própria armadilha.

Soltou a respiração, uma súbita e perturbadora pontada de culpa. Em pé, Victoria abriu os botões das mangas do seu pijama de cetim. Estava preparada para mudar para a forma felina quando o som da campainha a interrompeu. Caminhando vagarosamente pelo piso de madeira dourada, ela farejou o ar.

Max.

Um prazer inesperado aqueceu seu sangue.

Abrindo a porta, ela ficou sem fala por um momento. Usando Armani, Max Westin estava devastador. Agora, vestido com uma calça jeans de cintura baixa e uma camiseta justa, com os pés nus em sandálias de couro, ele estava... Ele estava...

Ela ronronou, a vibração suave preenchendo o ar entre eles com a promessa exuberante.

Maldito traiçoeiro. Ele sabia que, com a visão de seus pés descalços, seu instinto natural seria mudar de forma e se esfregar contra eles, circulando as pernas em uma exibição ostensiva de sua vontade. Lutando contra sua própria natureza, Victoria ergueu o braço e encostou-se no batente da porta. Sua camisa estirou-se com a posição, revelando sua barriga e a curva de seu seio. Ele lançou um breve olhar para avaliar sua exibição e a deixou de lado, entrando em sua casa como se tivesse todo o direito de fazê-lo.

Ao cruzar o apartamento até a cozinha com uma sacola de papel cheia de comida nos braços, as velas que ela havia espalhado pela sala se acenderam com seu rastro. O aparelho de som foi ligado, liberando uma cacofonia de recepção ilegível antes de parar em uma estação clássica. Os ricos sons dos instrumentos de cordas inundaram o cômodo, reverberando através do forro com a canalização exposta de seu apartamento contemporâneo, preparando o terreno para o que ela sabia que iria ser uma noite memorável.

Ela o seguiu até a cozinha, onde ele colocou a sacola em cima da bancada e começou a retirar o seu conteúdo. Atrás dele, uma panela foi magicamente libertada do suporte pendente e colocada em cima do fogão.

"O bruxo se revela", disse ela em voz baixa.

Max sorriu. "Eu sou exatamente o que disse que era."

"Um investigador de fraudes de seguro. Pesquisei sobre você."

"Eu recuperei em todos os casos."

"Fiquei sabendo", disse ela secamente. "Você está determinado a salvar o mundo de malfeitores, sejam eles mágicos ou de outras formas."

"E isso é tão ruim assim?", ele desafiou suavemente. "Você já fez o mesmo uma vez."

Ele pegou um litro de creme de leite orgânico e ela lambeu os lábios. Perceptivo como todos os Caçadores, acenou para uma tigela do armário com um movimento do pulso e serviu-lhe uma porção. Victoria libertou o último botão de sua própria camisa. Um momento depois, a blusa e suas calças de amarrar estavam jogadas no chão de mármore da cozinha. Ela esperou um segundo a mais, oferecendo-lhe um rápido vislumbre do que ele iria conseguir mais tarde e, em seguida, mudou de forma. Com um pulo fluido de suas pernas felinas, deu um salto longo até o balcão de madeira e agachou-se sobre a bacia.

Max passou a mão sobre a pelugem negra macia. "Você é linda, gatinha", comentou em sua voz deliciosa.

Ela ronronou em resposta.

Enquanto sorvia o creme, Victoria enrolou a cauda em torno do pulso de Max. Sua grande mão a ofuscou, mas ela se sentia segura com ele, algo incomum para um Familiar selvagem perto de um feiticeiro que não dispunha de um guia.

Caçadores eram os mais poderosos dentre os mágicos e não precisavam dos acréscimos que os Familiares forneciam. Mantinham o mundo mágico limpo, rastreando e lidando com qualquer rebelde que desafiasse o comando do Conselho Superior.

Outros como ela.

As extremidades de seus dedos encontraram os pontos atrás das orelhas dela e os acariciaram. Ela derreteu-se na bancada.

"Deixe-me terminar o jantar", ele murmurou. "Então nós vamos brincar."

Max virou-se para cuidar do fogão e ela lutou contra a vontade de segui-lo. Então deitou-se na bancada, o queixo nas patas observando os músculos das costas dele se flexionarem enquanto ele picava os legumes e grelhava o peixe. Esquadrinhando ainda mais, notou o cabelo de ébano que brilhava com vitalidade e a curva firme e orgulhosa de sua bunda. Suspirou.

Sentia falta de ter um homem constante em sua vida. Ultimamente a solidão parecia pior que nunca, e ela culpava o Conselho por isso. Eles deveriam ter esperado até que um segundo bruxo ou um par feiticeiro e Familiar pudesse ter se juntado a eles contra o Triunvirato, mas não conseguiram conter sua ânsia. Recusando-se a falhar em tão importante tarefa, Darius tinha perdido a vida, buscando o sucesso. E ela tinha perdido a sua alma gêmea.

Com o coração pesando, Victoria saltou para o chão e circulou os pés de Max, ronronando e alisando-se para ganhar a atenção dele. Ele estava, surpreendentemente, muito ocupado cuidando dela para fazer sexo sem compromisso. Muito ocupado cozinhando para ela, e mimando-a com música e luz de velas.

Sua alma cansada absorveu a atenção com avidez.

Atravessar toda a eternidade sem um parceiro estava custando caro. Ela não podia namorar humanos, e havia sido exilada de sua comunidade. Não havia ninguém para esperá-la ou se preocupar com ela.

Seu trabalho era gratificante e seu sucesso uma fonte de profundo orgulho, mas muitas vezes ela desejava poder se enroscar no sofá com um homem que se preocupasse com ela. Que a amasse. Max não era aquele homem, mas foi o primeiro de todos os bruxos enviados atrás dela que dedicou um tempo para a conquista. Parte dela apreciava seu esforço. Outra parte entendia que ele escondia segundas intenções.

Então ela o cortejou de volta, esfregando-se contra suas poderosas panturrilhas com suaves e tentadoras ronronadas.

O caminho para o fracasso começava dessa forma com todos os seus Caçadores. Ela prometia-lhes deleites com cada carícia contra suas pernas, seus feromônios perfumando o ar até que eles ficassem loucos para tê-la. Devido ao dom de Darius, ela era capaz de alterar os cheiros próprios, de submissão para demanda carnal, um desafio primitivo para a necessidade de domínio de um Caçador. Uma capa vermelha acenando para um touro furioso.

"Não é tão ruim", Max disse calmamente em um tom que a fez arquear a espinha de prazer. "Há alegria na submissão."

Aborrecida por ele permanecer tão controlado, Victoria se afastou, com a cauda erguida e a cabeça levantada de forma orgulhosa.

Submissão. Ela não era afeita a isso. Era muito obstinada, demasiadamente independente para ceder às exigências de um homem. Darius sabia disso. Ele aceitou, e fazia concessões para que pudessem viver em harmonia.

Victoria alterou a sua forma e se esparramou nua no sofá. De sua posição na cozinha, Max só tinha de se virar e podia vê-la. Seu autocontrole a incomodava, assim como o ar tranquilo de comando e a determinação de aço nos olhos cinzentos. Ele não era um homem comandado por seu pênis.

Ela suspirou, e esperou que ele se aproximasse. Nenhum homem ou bruxo poderia resistir por muito tempo a uma mulher nua, inclinada e disposta.

Apoiando-se pesadamente no balcão, Max olhou para a tábua de corte e mostrou sua frustração. Naquele momento, ele só queria mostrar para a mulher maravilhosamente nua no sofá todas as coisas que poderia fazer com ela. Para ela. Demandou muito mais do que a contenção que ele estava acostumado a exercer para evitar jogar a faca na pia e fazer exatamente isso. Uma transa forte e dura iria ajudá-la a esquecer, por um tempo, a tristeza que ele percebia nela.

Seus olhos se fecharam enquanto ele se concentrava naquele leve toque de tristeza. O vínculo entre Familiar e bruxo sempre começava com esse pequeno fio de consciência. Era cedo, muito cedo, para a conexão estar lá, mas estava. Não era suficiente ainda para discernir a causa de sua infelicidade, mas Max sabia que não era uma nova angústia, mas uma que vinha sendo carregada há algum tempo.

Estranhamente, era esse conhecimento mais profundo sobre ela que o atraía agora. Mais que a sua beleza. Luxúria instigada por ternura era uma sensação nova para ele, algo que saboreou lentamente, como se fosse o primeiro gole de um bom vinho. Macia e suave, aqueceu seu sangue exatamente como uma bebida alcoólica faria.

Enquanto continuava a cozinhar, conectou-se ao sentimento de sua gatinha, promovendo a ligação necessária para trazê-la das margens e de volta ao redil.

"O jantar está pronto", ele chamou depois de um tempo.

Victoria olhou para o teto e se perguntou como Max podia ser tão indiferente à sua oferta descarada de sexo. Petulante, disse: "Quero comer aqui."

"Fique à vontade", ele respondeu tranquilamente. Ela ouviu uma das cadeiras de jantar se afastar da mesa, e um momento depois o tilintar dos talheres contra a louça. Boquiaberta, ficou em pé.

"Hmmm..." O gemido de profundo prazer de Max fez arrepios percorrerem sua pele. Então o rico aroma do filé de atum e creme atingiu suas narinas e fez seu estômago roncar.

Ela ficou em pé e pisou na cozinha onde encontrou apenas um lugar arrumado — em frente do qual Max estava sentado. Mãos nos quadris, sua sensibilidade felina ofendida, ela retrucou: "E eu?"

"Você pretende se juntar a mim agora?"

"Pretendo."

Afastando-se da mesa, ele se levantou em toda a sua estatura, superando-a, uma diferença mais perceptível graças ao estado de nudez dela. Ofereceu-lhe a cadeira, sua aparente indiferença para seu corpo nu fazendo-a apertar os punhos. Victoria estatelou-se no banco com um suspiro audível. Isso não era nada parecido com o que ela havia planejado para subjugá-lo.

Max pegou o longo garfo de metal. Espetando um pedaço do peixe quase cru, mergulhou-o no creme e o aproximou dos lábios dela. Assustada, ela o encarou.

"Abra."

Antes que ela percebesse que era um comando, os lábios se entreabriram e aceitaram a oferta. Projetados para o seu paladar, os sabores se combinavam para formar um deleite para os sentidos. Max estava ao seu lado, com uma mão na parte de trás da cadeira dela, prendendo-a enquanto preparava outra garfada. Seus olhos encontraram os dele em uma dúvida silenciosa.

"É dever de um feiticeiro cuidar de seu animal de estimação."

"Eu não sou o seu animal de estimação." Mas isso era uma sensação maravilhosa de qualquer forma.

"Por enquanto, você é."

Ela odiava admitir, mas sua confiança inabalável a excitava. Seus seios pequenos ficaram pesados, suculentos, os mamilos ouriçados e duros para seu toque. Obediente, sua mão deixou a cadeira para trás e cobriu aquelas protuberâncias macias. Victoria engasgou com a intimidade inesperada, e Max deslizou mais um bocado para dentro de sua boca. Enquanto ela mastigava devagar, saboreando a refeição singular, as pontas dos dedos hábeis brincaram com o mamilo.

"Submeter-se não é ser fraca", sussurrou em tom rouco e hipnótico. "Você não seria menos mulher, gatinha, mas muito mais."

Ela balançou a cabeça ferozmente, mesmo quando apertou as coxas juntas, lutando contra a aflição profunda de luxúria que não queria sentir. O movimento suave e os puxões dos dedos de Max em seu mamilo fizeram seu sangue esquentar. Enquanto sua excitação aumentava para se equiparar com a dela, a pele dele se aqueceu e encheu o ar com o cheiro suave de sua colônia. A protuberância proeminente de seu tesão estava na altura dos olhos, e ela não podia deixar de olhar. O perigo inerente de esperar por ele e sua arrogância implacável a excitava a tal ponto que ela estava ofegante em sua cadeira, as costas arqueadas, impotente, implorando por mais.

"É da sua natureza", ele murmurou, a boca no seu ouvido. "O desejo de ser tomada. De ter a escolha negada a você de forma que tudo o que você tem a fazer é sentir. Imagine as minhas mãos e boca em seus seios... meus dedos, língua e pau entrando entre suas pernas... Sua única tarefa seria a de desfrutar do prazer que posso lhe dar. Imagine a liberdade disso."

Liberdade. Submissão. As palavras não poderiam ser usadas em conjunto. Elas eram mutuamente excludentes, mas, cada vez que Victoria abria a boca para retrucar, ele a ocupava com comida.

Ele continuou a alimentá-la e acariciá-la até ela se contorcer na cadeira. Sua pele estava quente e firme, sua fenda úmida e molhada. Max sabia tudo sobre ela. Ele tinha estudado Familiares com precisão e ela em particular. Era sua missão caçar aqueles que desafiavam o Conselho. Ele sabia que Familiares ansiavam por ser tocados e bem alimentados. Sua abordagem foi incomum e, portanto, a pegou desprevenida. Eles geralmente tentavam transar com ela para fazê-la se submeter, e não mimá-la para isso.

Logo seu estômago estava saciado, o que normalmente a deixava com sono. Mas não essa noite. O desejo ardente em suas veias a impedia de cochilar. Ainda assim ela estava lânguida. Maleável. Max a levantou e a levou para o quarto, e ela foi incapaz de protestar. Precisava senti-lo dentro dela assim como precisava respirar. Mas não era tola. Com uma palavra suave, Victoria limitou os poderes dele.

O sorriso que ele abriu deu-lhe a certeza de que ele sabia o que ela tinha feito. Não era qualquer sorriso, mas um que prometia que ela pagaria por isso.

Isso a excitou ainda mais.

Max colocou-a de pé e virou-a de costas. A antecipação ondulava-lhe a espinha, fazendo-a tremer e respirar superficialmente.

Com uma pegada firme e inquestionável na sua nuca, ele a pressionou para a frente até que ela se curvou na cintura, ficando de bruços em sua cama.

"Max?"

Enquanto ele se afastava, seus dentes mordiscaram o ombro dela com sedutora firmeza e, antes que ela pudesse piscar, estava de mãos atadas para trás.

"Que diabos?" Seu coração disparou quase em pânico. Não podia acreditar que Max era capaz de se mover tão rapidamente. Ela jamais havia sido presa. A súbita sensação de desamparo trouxe de volta o sentimento que a invadiu quando Darius estava no meio de redemoinhos mortais de magia e ela só podia assistir, impotente. "Não!" Victoria lutou ferozmente.

"Quieta, gatinha." Seu corpo grande se aproximou dela, um quente cobertor físico. Com as mãos em ambos os lados de sua cabeça, ele acariciou sua bochecha contra a dela, sua voz muito mais rouca do que o habitual. "Eu não vou te machucar. Nunca."

"Eu... Você..."

"Você não pode lutar contra os meus poderes", ele murmurou. "Você é forte, mas não tanto assim."

"Não gosto disso, Max." Sua voz era um queixume.

Então uma das mãos se levantou do colchão. Ela a sentiu roçando contra a curva de seu traseiro, pouco antes de ouvir o ruído lento de seu zíper abaixando. Para seu espanto, a excitação que tinha arrefecido reacendeu como uma chama.

"Você está tão tensa..." Ele lambeu uma trilha molhada e lenta ao longo do comprimento de sua coluna vertebral. "Tudo o que você precisa fazer é ficar aí e gozar."

De repente, ela não conseguia mais enxergar, sua visão bloqueada por algum feitiço lançado por ele. Victoria ficou completamente imóvel, com a respiração presa na garganta. Nunca havia se sentido tão completamente à mercê de alguém.

No meio de suas pernas brotava uma excitação sofrida que a fez se contorcer. Apesar do que sua mente lhe dizia, sua natureza instintiva não podia ser negada.

"Olha como você está pronta." Os dedos dele se metiam por entre suas pernas, deslizando através da evidência molhada de como ela estava excitada. "Deve ser cansativo lutar contra si mesma o tempo todo."

"Vai se foder", ela cuspiu. Apesar de seu tom de voz ser objetivo e não presunçoso, ela ainda se sentia reprimida. Contida.

Dominada.

"Fique sabendo que eu vou te foder. E você vai confiar em mim o suficiente para se divertir."

"Eu não posso confiar em você. Não te conheço. Eu só sei o que você quer, que é exatamente o oposto do que eu quero."

"É mesmo?", ele perguntou pacientemente. "Você vai me conhecer quando eu tiver acabado. A gente vai começar com o sexo e resolver as nossas questões."

Victoria bufou. "Que original."

Ele fez uma pausa, e ela sabia que tinha dado um golpe certeiro. Chegou a pensar que seria o fim de tudo.

Em seguida, contra a parte de trás de suas pernas, ela sentiu a aspereza da calça jeans de Max. "Você não vai tirar a roupa?", ela respirou, seus sentidos normalmente aguçados agora dolorosamente aperfeiçoados pela cegueira.

"Não."

Uma palavra. Nenhuma explicação. Ela lutou, mas foi acalmada pela ampla e quente cabeça do seu pau empurrando contra o seu clitóris.

"Abra mais suas pernas, Victoria."

Ela não se moveu. Nem no inferno iria ajudá-lo a domá-la, maldito arrogante.

Ele afundou para dentro, forçando seu liso tecido a se abrir para ele, a aceitá-lo. Apenas uma polegada. Em seguida, retirou-se. Esfregando a ponta agora cremosa contra seu corpo, Max brincou com ela e então pressionou para dentro novamente. Só mais uma polegada. Ela enterrou a cabeça no edredom e gemeu, seu sexo em espasmos, tentando puxá-lo para onde ele era absolutamente necessário.

"Se você abrir as pernas, pode ter o que quiser."

Victoria levantou a cabeça. "Eu quero *você* amarrado à cama para que eu possa te torturar. Não o contrário."

Sua risada estrondosa a fez estremecer. Não importa o que Max fizesse ou dissesse, o fato é que ele a havia atraído. "Mas você não estaria apreciando isso tanto como agora."

"Danem-se os jogos, Max. Não podemos simplesmente foder?"

"Eu quero te foder assim, posicionada do jeito que eu quiser."

"E o que eu quero?", ela reclamou.

"Você quer a mesma coisa, gatinha. Você só gostaria de não querer. Você fica tão apertada assim, sua boceta é como um punho de veludo. Vou ter de forçar meu caminho para dentro de você..."

Max esperou com a mesma paciência calculada que havia demonstrado quando a conheceu, enquanto a cabeça de seu pênis acariciava a boca da sua boceta em uma sedução silenciosa. Seu corpo traidor acenou-lhe com uma ondulação suave. Ela estava encharcada e quente, mais do que pronta.

Ela considerou brevemente mudar de forma e ir embora, mas então não faria sexo com Max e isso não era uma opção. Assim, com o orgulho ferido, Victoria se abriu para ele. Ele pagaria depois.

Imediatamente ele se ondulou para o seu interior, indo fundo e, em seguida, ainda mais profundamente, até que ela não podia respirar, não podia pensar, cada parte sua focada no pau pulsante e grosso que a preenchia completamente.

Ofegante, as costas dela se arquearam quando ele raspou levemente as unhas curtas em seus quadris. Ele se inclinou sobre ela. Dominando-a. Quando seu abdomem definido tocou suas mãos atadas, ela sentiu-lhe a umidade do suor através da camiseta.

O bruxo não estava tão controlado como parecia.

Reunindo o pouco poder que ainda lhe restava, ela agarrou sua camisa em suas mãos, segurando-o contra ela.

Com as mãos sobre o colchão para suportar seu peso, Max começou a penetrá-la com estocadas longas e profundas. O ângulo de sua penetração acariciava com uma pressão tentadora dentro dela, e ele variou suas estocadas, esfregando em cima e, em seguida, embaixo, em uma massagem interior digna de um especialista.

Era lento e muito fácil, seus quadris bombeando em um ritmo cronometrado, medido. Incapaz de ver, ela imaginou como deveria aparentar, Max completamente vestido, sua bunda apertando e soltando enquanto ele fodia seu corpo amarrado. Ela tremeu e começou a ronronar. Ele grunhiu em resposta, a vibração viajando pelo comprimento de seu corpo até as estocadas de seu pênis.

"Você se sente fraca?", ele perguntou, sua voz gutural e sarcástica. "Você se sente diminuída porque seu corpo serve ao meu prazer e não ao seu próprio?"

Ela queria responder, discutir, brigar, mas não podia. Era bom demais não fazer nada, além de receber o que ele lhe dava. Afinal de contas, ela era uma gata e essencialmente preguiçosa.

"Intrinsecamente submissa", ele corrigiu. Moveu uma mão para alcançar sua coxa e puxou-a para mais longe para que pudesse enfiar ainda mais profundamente. Agora, cada mergulho de seu pênis trazia contra seu clitóris as bolas apertadas e pesadas.

Ele havia lido seus pensamentos, ela conseguiu pensar com a ínfima parte de seu cérebro que ainda estava funcionando.

A domesticação havia começado.

Com um silvo suave, ela se contraiu ao redor dele. Ele xingou baixinho e estremeceu, traído pelo próprio corpo.

De repente, ela compreendeu que ele estava igualmente indefeso. Ela tentou usar seu corpo para seduzi-lo, e ele sucumbiu. Apesar do controle externo que demonstrou, Max começou a noite com uma abordagem totalmente diferente e havia se transformado em uma luxúria irresistível. Mesmo agora, os seus dedos machucavam seus quadris, as coxas tensas contra as dela, sua respiração ofegante soando bem alto no quarto.

Percebendo que não estava sozinha nesse fascínio físico inesperado, ela relaxou, afundando-se na cama com um gemido. Não foi uma redenção. Era um beco sem saída.

A boca de Victoria curvou-se em um sorriso felino.

Capítulo três

Max levantou a xícara de café até os lábios e olhou pela janela para o St. John Hotel no outro lado da rua. Respirava de forma profunda e ritmada, os pensamentos totalmente focados em limpar a mente. Em suas veias corriam a excitação e ansiedade, e ele trabalhava cuidadosamente para contê-las.

Controle. Onde estava o dele? Era inegável que, quando estava com Victoria, seu desejo o guiava, não a sua missão.

Sua gatinha era uma tigresa na cama, alguém que rolava, arranhava e mordia com fervor e entrega. Amarrá-la na cabeceira de bronze da cama havia sido um prazer inevitável. Um prazer que ele repetira muitas vezes ao longo das últimas duas semanas.

Eu não gosto disso, Max, ela havia dito o tempo todo. Mas, com os mamilos duros contra a sua língua, ele sabia a verdade. Ela tremia, xingava, se contorcia, e a visão sempre o deixava tão duro que ele tinha de cerrar os dentes para conter sua luxúria. Então ele havia desistido e a comeu por horas, muito além da exaustão, abandonando sua missão em favor do prazer avassalador.

E o Conselho sabia disso.

Sua falta de progresso nos desagrada, Eles haviam reclamado apenas uma hora atrás.

"Vocês me deram muito pouco tempo", respondeu.

Entendemos que nenhuma quantidade de tempo será suficiente para domar a fera. Ela está além da reabilitação.

"Não, não está." confrontou rispidamente. "Vocês nunca me apressaram assim antes, e esse é o caso mais difícil que já recebi."

Décadas se passaram. Nossa paciência é curta.

Afastando-se tanto da janela quanto da memória com um xingamento murmurado, Max pegou o casaco e deixou o café. Seu tempo tinha acabado de se esgotar. Ele não poderia falhar. O fracasso lhe custaria mais que a perda do orgulho. Custaria a Victoria a sua própria vida.

Atravessou a rua movimentada e entrou no St. John pelas portas de vidro giratórias, esperando até atingir o centro da rotação para usar o seu poder e mover-se ao andar superior onde Victoria estava concentrada no trabalho. Imaginá-la ocupada em sua mesa fez seu pau doer. Ele adorava mulheres inteligentes, e Victoria era mais esperta que a maioria. Também era bem durona.

A única vez em que ela havia ficado verdadeiramente vulnerável foi à beira do orgasmo, então ele a manteve ali, uma e outra vez, absorvendo a inundação repentina de seus pensamentos e lembranças. Sentindo o amor que ela havia nutrido por Darius e a tristeza dolorida da sua perda. Aqueles vislumbres de sua alma sempre o levavam ao orgasmo, um sentimento de conexão tão profundo que lhe roubava o fôlego.

Ele rangeu os dentes enquanto seu pau inchou ainda mais. Havia gozado mais depois de conhecê-la do que jamais imaginara ser possível. Daí o limitado progresso. A domesticação adequada exigia contenção por parte do Caçador. Ele deveria estar encontrando satisfação em outros lugares, temperando seu desejo, mas nenhuma outra mulher o interessara desde então.

"Boa tarde, Sr. Westin", a recepcionista o cumprimentou com um sorriso convidativo.

Com um estalar de dedos, ela já não tinha nenhuma lembrança de sua visita, a memória limpa em um piscar de olhos. Tudo o que ela sabia era que sua chefe estava ocupada demais para ser incomodada, e ela iria receber recados e impedir a entrada de visitantes até que lhe fosse dito o contrário.

Max entrou no refúgio de Victoria sem bater, pondo em prática um feitiço simples que impedia qualquer pessoa de ver suas próximas ações através da parede de vidro do escritório.

Ela olhou para cima, arqueou uma sobrancelha e soltou a caneta. "Max."

Seu nome. Uma palavra. Seu nome pronunciado nesse ronronar suave soava como um afrodisíaco a que ele não era imune como deveria ser.

"Olá, gatinha." Ele sorriu para o arrepio suave que sentia vindo dela. Ela também não era imune.

"Estou muito ocupada."

"Você está prestes a ficar", ele concordou, deixando de lado o café e trazendo para a mesa uma caixa lindamente embrulhada.

Sua boca se curvou em um sorriso sensual que fez o sangue dele esquentar. "Um presente? Que delícia."

Dedos longos e elegantes puxaram a fita lavanda iridescente e rasgaram o embrulho azul-celeste. Dentro repousava uma caixa de madeira ornamentada. Ele observou enquanto seus dedos flutuaram sobre a frase que tinha sido esculpida ali: *Só dentro dos meus domínios você vai realmente conhecer a liberdade.*

Victoria não disse nada, mas ele a observava com a percepção de um Caçador e notou o aparecimento súbito de mamilos eretos sob a blusa de seda branca. Sua mão se levantou para submeter essa visão, erguendo um conjunto de grampos de mamilos revestido de veludo conectados por uma delicada corrente de ouro.

"Estava me perguntando quando você arrumaria tempo para os brinquedos", disse ela, um pouco sem fôlego. "Você esperou mais que a maioria."

A insinuação de que ele não era nada de especial, apenas outro em uma longa e tediosa série, provocou a devida reação. Um vento furioso encheu a sala, espalhando os papéis sobre a mesa e empurrando Victoria para trás. Max caminhou em direção a ela, seu olhar se estreitou, a palma da mão aberta fechando-se rapidamente em um punho, trazendo-a para uma parada abrupta a apenas uma polegada distância da janela.

Seus olhos verdes estavam arregalados, os lábios entreabertos com a respiração ofegante, seu peito subindo e descendo com medo aparente. Ele, no entanto, sabia que isso era uma intensa excitação. Podia senti-la em seus pensamentos, o vínculo entre eles se construindo com cada momento que passavam juntos. O aumento do poder dentro dela, uma mistura cuidadosa de mágico e Familiar aprimorada, o fez gemer em voz alta com sua própria concupiscência avassaladora. Nunca em sua vida uma mulher o havia feito se sentir assim. Era quase como se houvesse encontrado o ajuste perfeito para uma peça do quebra-cabeças. Seus dedos coçaram com a magia percorrendo tudo – magia reforçada por sua proximidade com Victoria.

"Gatinha", ele rosnou, alcançando-a. Enfiou as mãos em seus cabelos cortados e apertou suas costas contra o vidro, os pés dela suspensos a poucos centímetros acima do solo. Ao nível dos olhos dele.

Ela ronronou e se aninhou contra ele, seus brincos de argola prata frios contra o seu rosto, em seguida, muito quentes. Ele deu um passo para trás, seu poder prendendo-a contra a vista panorâmica da cidade atrás dela. Os braços de Victoria eram mantidos imóveis ao lado de sua cabeça, seus seios empurrando desenfreadamente em direção a ele na postura submissa. Só aqui, na sede de sua influência corporativa, uma verdadeira domesticação seria possível. Ela era a chefe aqui. Até ele chegar.

Essa era a lição a ser aprendida.

Quando ele estendeu a mão para os botões de sua camisa e os libertou, a magia reproduziu seus movimentos com a blusa de Victoria. Ele sorriu quando sentiu afrouxar o cinto, satisfeito com a iniciativa dela de exercer seu próprio poder ao despi-lo.

"Uma rapidinha?", ela murmurou, antes de lamber os lábios.

"Uma demorada", corrigiu ele, encolhendo os ombros para fora de sua camisa.

"Você é insaciável."

"Você ama isso."

Max assistiu com expectativa fervorosa o fecho do sutiã entre os seios se abrir e depois se separar. Os grampos para os mamilos ergueram-se do chão e, em seguida, prenderam-se no lugar, sua reação à pressão repentina foi um silvo baixo entre os dentes cerrados. A visão daqueles seios pálidos e firmes tampados com mamilos inchados e avermelhados e a corrente delgada o fez liberar o pênis de seu confinamento.

"Oooh, Max", ela ronronou, movendo-se sinuosamente contra a janela enquanto ele abaixou as calças. "Que pau grande você tem."

Ele lhe deu seu melhor sorriso de lobo, apreciando sua displicência diante do inevitável. "O melhor para foder com você, minha querida."

O zíper lateral da sua fina saia se abaixou e, em seguida, a peça caiu no chão acarpetado, juntamente com o seu fio-dental de renda preta e o salto agulha. "Depois", ele convocou os demais conteúdos da caixa na palma da mão aberta, "eu vou te comer com isso."

Victoria engoliu em seco ao ver o consolo ligeiramente curvado em sua mão. Era longo e grosso, parecido em tamanho, forma e coloração com o pênis de Max. Ele o lubrificou generosamente, sem deixar de olhar para ela.

Ela fez beicinho. "Não quero essa coisa. Eu quero você."

Max vacilou um momento com essas palavras, em seguida, moveu-se rapidamente, beijando sua boca com uma fome profunda, distraindo-a do vínculo apertado entre eles.

Eu quero você. Palavras tão simples, mas para ela, palavras arriscadas. Não era bem o "precisar" necessário para fazer a coleira aparecer, mas ele estava perto o suficiente para causar uma aceleração interior. Não deveria sentir algo mais do que triunfo ao ouvir essas palavras, mas ele sentiu. Muito mais.

Era o que ele esperava, o resultado que tinha a intenção de alcançar, mas não esperava que acontecesse tão rápido. Ele tinha certeza de que teria que deixá-la louca primeiro. Sabia que não poderia fazê-lo enquanto estava dentro dela, como havia feito com cada Familiar que tinha domado. Quando se uniu a Victoria, o Conselho se desvaneceu de sua mente, deixando apenas os dois envolvidos um no outro. As únicas necessidades com que ele se importava eram as suas, e o Conselho podia ir para o inferno.

Ao respirar fundo o perfume de Victoria, seus olhos se fecharam bem, o peito arfando contra o dela, seus dedos deslizando entre suas pernas para esfregar seu clitóris. Ele se sentia possessivo e carente. Durante toda a manhã desde que a deixou, ele a queria. Somente algumas horas de intervalo. Muito tempo. Sabendo que o seu tempo juntos era temporário, ele cobiçava cada momento e odiava compartilhá-la com o trabalho ou qualquer outra pessoa.

Irreverente, atrevida, travessa – ela era um gato por completo. Ela tanto o acalmava quanto o excitava, uma dicotomia que o deixava satisfeito em todas as frentes.

E ele a estava preparando para uma eternidade com outro homem.

A constatação fez sua mandíbula doer, e seu peito se apertar dolorosamente. Ele empurrou o pensamento para longe e concentrou-se no aqui e no agora. Pelo menos ela estaria viva. Se ele tivesse que perdê-la, melhor que fosse para o outro bruxo do que para a morte.

Choramingando em sua boca enquanto ele acariciava sua boceta escorregadia, Victoria tentou se contorcer, mas não podia lutar contra a força que a segurava. "Max", ela respirou em sua boca. "Me deixe tocar você."

Ele balançou a cabeça, sem vontade de se libertar do beijo.

"Eu quero te tocar, droga!" Ela empurrou a boca para longe.

"Você deve querer o que eu quiser." Sua voz era áspera, dura. "Meu prazer é o seu. Minha fome é a sua."

"Sua necessidade é a minha também?", Victoria perguntou suavemente, seu olhar fixo no homem enorme à sua frente. Ela ouviu os dentes rangerem em resposta à sua indagação e seu toque a deixou.

Havia uma urgência inédita na sedução dele. Para ir até ela durante o dia, quando eles haviam estado juntos há poucas horas...

Ela respirou fundo. Quantas vezes ela se pegara sonhando acordada com ele, revivendo os momentos da longa noite anterior? Ele cozinhava para ela todas as noites e lhe dava comida na boca. Tomava banho com ela e lavava o seu cabelo. Houve momentos difíceis, também, juntamente com a delicadeza. Momentos de alta paixão – como quando ele entrou pela sua porta da frente e a arrastou para o chão, dizendo olá com gritos guturais e ministrando estocadas com seu belo pênis profundamente para dentro dela. Nunca pedindo permissão. Tomando o que desejava, como se o uso do corpo dela fosse um direito dele.

Essa atenção a havia seduzido, lembrando-a da ligação íntima entre feiticeiro e Familiar. Mas a mulher dentro dela também havia sido cativada. Ela exercia grande poder na sua vida humana. Era responsável pelos milhares de funcionários que trabalhavam sob seu comando. Houve alívio e prazer ao transformar-se inteiramente sob o cuidado dominante de Max. Darius a havia tratado como igual. Max nunca a deixava esquecer de que era ele quem detinha o poder.

Mas agora suas palavras o traíram, revelando a profundidade de sua afeição por ela.

Você deve querer o que o seu Mestre quiser. O prazer dele é o seu. A fome dele é a sua. A necessidade dele é a sua.

Mas Max tinha se inserido como seu Mestre. E a necessidade de aceitá-lo era quase irresistível.

Quando estava com ele, a inquietação que a atormentava há tanto tempo era imensamente acalmada. Ela não estava sozinha quando estava com Max. Além de Darius, ele foi o único homem a fazê-la se sentir assim. Ela ganhou formas e corpo, encontrando alegria em compartilhar suas refeições e sua vida com uma pessoa que queria que ela fosse feliz. E ela era feliz, porque ele cuidava para que fosse assim. Sim, o único aspecto mais importante de seu relacionamento o estava satisfazendo, mas o que satisfazia Max era prazeroso para ela.

Victoria observou-o com cautela enquanto ele se aproximava. O consolo, brilhando com lubrificante, foi apontado diretamente para a abertura entre as suas pernas. Max se inclinou para frente e lambeu em seus lábios. "Abra a porta, gatinha."

De modo rebelde, ela o desafiou. "Faça eu me abrir."

Com um leve toque de sua mão, a magia forçou as pernas dela a se distanciarem. Ela se molhou, suavizando ainda mais, uma parte traidora de sua herança saboreando a domesticação, sabendo que estava prestes a sentir prazer além do suportável, e não teria que fazer absolutamente nada.

"Olha como você está molhada", ele elogiou, esfregando a ponta suave para cima e para baixo de sua fenda encharcada. Apertou sua boca contra a orelha dela e sussurrou: "Você adora um pau duro aí dentro."

"Eu amo o *seu* pau duro dentro de mim." Ela engasgou, sua boceta se cerrando apertada, em um esforço para capturar a cabeça grossa que provocou sua abertura.

"Vamos brincar primeiro", ele rugiu, deslizando o consolo uma escassa polegada para dentro dela. Ela tentou mover seus quadris para baixo em direção a ele, mas não conseguiu.

"Max!"

"Shhh, eu vou dar a você." Com movimentos hábeis do pulso, ele o ergueu suavemente, enfiando dentro dela, a outra mão pegando a corrente entre os seios e puxando suavemente. Uma dor profunda se instalou dentro de seus seios, espalhando-se através de seu tronco, fazendo-a gritar.

"Calma", ele sussurrou, estocando suavemente, finalmente penetrando tudo, com uma experiência de tirar o fôlego.

Seus olhos se encontraram, ela tentando entender por que ele a possuía dessa forma, o que ele queria dela para que ela pudesse dar a ele. Então ela desistiu, com os olhos se fechando à deriva, seu corpo tremendo com prazer enquanto ele a fodia com golpes longos e suaves.

"Por favor", ela sussurrou, sua bochecha quente pressionada contra o vidro frio.

"Por favor, o quê?" Sua língua se lançou pela ponta beliscada de um dos mamilos atormentados, então sua boca se fechou ao redor dele e do grampo, sugando ao ritmo do movimento entre as coxas.

"Eu quero você."

Max soltou seu peito, e apressou o ritmo. Seus quadris se mexiam tanto quanto podiam, seus gritos desesperados, seu clitóris inchado e latejando pelo toque ligeiro que iria mandá-la ao orgasmo. Dentro dela, a sensação dos golpes largos e quentes acariciando ao longo das paredes de sua vagina fez sua cabeça balançar de lado a lado, a única parte de seu corpo que ela conseguia mover.

Ele gemeu e inclinou-se contra ela, sua pele recoberta por uma fina camada de suor. Sua língua lambeu a concha de sua orelha e, em seguida, estocou para dentro.

"Você não me quer, Max?" Ela engasgou, morrendo da necessidade de chegar ao clímax, de se mover, de ter mais do que um pau falso poderia dar a ela.

"Você me deixa louco." Ele acariciou sua testa úmida contra a bochecha dela.

"Isso é um 'sim'?"

Se fosse... se ele sentia a conexão que ela sentia... O que ela não daria para encontrar o amor pela segunda vez. Talvez, no final, não seria com Max, mas isso era o mais próximo que ela tinha chegado dessa emoção em mais de dois séculos.

De repente, sua mão estava em sua garganta, a boca sobre a dela, os joelhos apoiados contra a janela para suportar as estocadas de sua mão.

Me dê o que eu quero.

A fusão de seus pensamentos com os dela era todo o estímulo de que ela precisava. Parte da domesticação era a capacidade dele de ler seus pensamentos, mas, para ela saber a consciência dele, a conexão funcionava nos dois sentidos.

A tensão fugiu de seu corpo. Seu sexo se contraiu de desejo, agarrando avidamente o que era *necessário*...

"Por favor", ela respirou, doendo para segurá-lo. "Eu preciso de você."

Max inclinou a cabeça de Victoria para trás uma fração de segundo antes de a coleira aparecer. A fita preta fina parecia tão inofensiva, mas ela a prendia mais do que correntes jamais poderiam.

Iria desaparecer quando ela fosse emparelhada com um bruxo, se tornaria uma parte dela, assim como seu novo mestre.

A visão da coleira e da submissão que ela significava fez o gozo jorrar da cabeça do pau dolorido de Max, cada célula de seu corpo queimando com um triunfo masculino. Ele arrancou o consolo e o jogou fora, soltando-a de seu feitiço, pegando o seu corpo frouxo e exausto em um abraço protetor.

Ele quase tinha cedido, ele a queria demais. Sentir seu corpo tentando alcançá-lo, faminta por ele, o tinha enlouquecido. A única coisa que o deteve foi a preocupação com ela. Se ele não conseguisse trazê-la de volta da marginalidade, eles iriam matá-la. E isso iria matá-lo também.

Agarrando-a perto, Max usou seus poderes para levá-los para casa – a casa dele. Lá ele a abaixou suavemente sobre a cama coberta de veludo e depois segurou a coxa dela, expandindo sua abertura. A visão dos lábios brilhantes de seu sexo e sua pequena boceta fez suas bolas se prepararem. A expressão em seus olhos fez seu coração doer.

Horas. Isso era tudo o que eles tinham.

Ele subiu em cima dela, admirando as novas curvas que ela tinha adquirido com um afeto protetor. Sob seus cuidados, ela havia perdido os sinais de negligência. Ao pegar um de seus pulsos e levantá-lo sobre sua cabeça, ele não tirou os olhos dela, usando magia para puxar a corda de veludo da cabeceira da cama e a prendeu.

"Max." Um sussurro, não mais do que isso, enquanto ela ergueu o outro braço, sem insistência e usou seu próprio poder para se conter.

Victoria era a mulher mais poderosa que ele já tinha conhecido, tanto em seu mundo como no mundo que compartilhavam com os humanos. Que sua submissão desse poder às suas exigências foi um presente de tal magnitude que conquistou seu coração. Seus olhos ardiam, sua garganta cerrou apertada.

Sua gatinha. *Sua*.

Ele a tomou em seguida, em um impulso certeiro e rápido que os uniu com tanta força que não havia separação. Um som selvagem rasgou sua garganta quando ela chegou ao clímax instantaneamente, sugando seu pênis com ondulações de prazer, atraindo-o para gozar dentro dela com jorros ferozes e fortes. Segurando com força seu corpo tremendo junto ao dele, Max bombeou suavemente, drenando sua semente ao prolongar o prazer dela, absorvendo seus gritos com paixão pura.

Mais tarde, ele entrelaçou os dedos com os dela e montou novamente seu corpo. Mais duro desta vez, lançando a sua paixão em uma tomada brutal, seus quadris golpeando os dela, seu pau mergulhando profundamente.

Victoria aceitou o seu desejo com tanta beleza, sua voz rouca, suas palavras quase inaudíveis sobre sua respiração difícil.

"*Sim... sim... sim...*"

Tomando tudo o que ele era, desabrochando como uma flor debaixo dele, exuberante com tal promessa. Os lugares a que ele poderia levá-la, as coisas que ele poderia ensinar a ela, a liberdade que ele poderia lhe dar...

Mas ele era um Caçador preparado para integrar o Conselho, e Eles não mantêm Familiares.

Então, Max pegou o que pôde, a sua língua e os seus lábios focados em seu peito, desenhando nela com puxões famintos, roçando o mamilo duro contra o céu da sua boca. Suas mãos a prendiam, mantendo-a parada contra as constantes elevações e quedas de seus quadris, seu pau trabalhando dentro dela para um prazer sem fim, sem lhe dar descanso, com medo de parar de tocá-la. Com medo de perdê-la.

Mantê-la.

A compulsão aumentou de forma tão inesperada que o seu ritmo vacilou, suspendendo-o no ponto mais profundo de uma estocada, o seu pau escaldado pelo aperto quente de sua boceta.

"Não!", ela gritou, lutando embaixo dele. "Não pare. Por favor..."

Como ele poderia ir embora? Ela sacrificou a vida que havia construído para si mesma para se reinserir na dele.

Ele faria o mesmo por ela. Ele *precisava* fazer o mesmo por ela.

“Nunca.” Ele rosnou e a esmagou contra ele, retomando sua reivindicação, sua bochecha vermelha pressionada contra a dela. “Eu nunca vou parar. Você é minha. *Minha*.”

Victoria separou o manto negro que os Familiares usavam quando de frente para o Conselho e se vestiu em silêncio. Ela havia preservado a roupa por todos esses anos, guardando-a para o dia em que ela iria enfrentá-los e exigir sua vingança. Agora, ela a vestiu com um objetivo diferente em mente.

Quando se preparava para sair, seus olhos se fixaram na forma adormecida na cama. O poderoso corpo de Max esparramado de bruços, os lençóis de cetim vermelho caindo para baixo de seus quadris. Lindo.

Ela ansiava por tocá-lo, acordá-lo, olhar para aqueles olhos de prata derretida uma última vez.

Como ele era perigoso, mesmo de pijama.

Lágrimas caíram sem que ela se preocupasse em conter.

Perdida em Victoria, a mente dele tinha baixado suas defesas, seus pensamentos e sentimentos fluindo para ela em uma destruidora enxurrada de saudade e carinho. Para mantê-la, ele estava disposto a desistir de tudo pelo qual havia trabalhado, e ela não podia deixá-lo fazer isso.

Ela não podia perdê-lo como havia perdido Darius. O Conselho ficaria furioso por ter sido frustrado pela segunda vez. Seu despeito lhe havia custado um amor. Ela se recusava a permitir que lhe custasse outro.

Era melhor perdê-lo para uma vida separada dela do que para a morte.

Então ela cobriu a boca para abafar a dor e o deixou.

Capítulo quatro

No momento em que Max acordou das profundezas da pura exaustão física, soube que ela havia ido embora. Sua ligação era tamanha que ele sentia Victoria dentro dele desde que a coleira aparecera. Agora o calor que ela lhe dava não estava mais lá, deixando-o frio.

Mas ele não estava sozinho.

Mais uma vez, você superou as nossas expectativas, o Conselho afirmou em tom de completa satisfação. *A Familiar foi devolvida ao rebanho, um resultado, diz ela, que não teria sido possível sem o seu poder e sua competência. Estamos satisfeitos.*

Rolando para fora da cama, Max puxou um par de calças largas, com o coração acelerado, quase em pânico. "Onde ela está?"

Está se preparando para a cerimônia de união.

"O quê?" Ele olhou para o relógio ao lado da cama, com os punhos cerrados. Duas horas antes ele tinha estado completamente dentro dela. Agora ela estava se ligando para sempre a outro homem? "Qual é a maldita pressa? Eu acabei de domá-la! O treinamento não foi concluído."

Como ela pôde?

Uma raiva negra apoderou-se dele.

Entendemos que seria mais seguro e eficaz juntá-la rapidamente. Seu bruxo vai treiná-la para se adequar a ele.

"Quem é ele?"

Gabriel foi selecionado. Era o único feiticeiro forte o suficiente, além de você.

O queixo de Max doía rangendo os dentes. Gabriel era poderoso, considerado bonito, tão popular com as mulheres como Max era, mas o outro bruxo ficava longe das margens da magia negra. Para Max, isso era uma fraqueza. Gabriel possuía uma fronteira que jamais iria cruzar e isso o tornava vulnerável ao fracasso. Uma fraqueza assim daria a Victoria muita margem de manobra. Ela precisava de um punho de ferro. Ansiava por isso. Max só tinha uma vulnerabilidade, e era dela que ele precisava para controlá-la.

A própria Victoria.

Não havia fronteira que ele não fosse capaz de atravessar para alcançar seus objetivos. E ele havia provado isso ao abandonar sua casa, suas ambições e a vida que conhecia para ir ao encalço dela.

Victoria olhou para o seu reflexo enquanto as ajudantes ajustavam suas vestes para a cerimônia que aconteceria em breve. Seus olhos estavam vermelhos, injetados de sangue, afetados pela falta de sono e as muitas lágrimas.

Tinha se esquecido de quem Max era, vendo-o apenas através dos olhos feridos, deixando de lembrar que ele era um Caçador e o próximo na fila para subir ao Conselho. Ele passara séculos trabalhando para alcançar seu objetivo, e duas semanas trabalhando com ela — uma das muitas atribuições de seu passado, com um futuro promissor. Mais cedo ou mais tarde ele iria esquecê-la.

O pensamento feriu seu coração, a dor penetrante a deixou sem fôlego.

Liberando suas assistentes com um aceno, Victoria se ateve a uma ponta de vaidade e suspirou. Ela estava fora do circuito por tanto tempo que não fazia ideia de quem era Gabriel, mas as servas ficaram entusiasmadas com sua sorte. Sim, ela iria sentir falta do homem que havia arrebatado seu corpo e preenchido sua vida com um prazer inebriante, mas talvez, em uma década ou duas, ela pudesse vir a tolerar o toque de Gabriel...

"Você nunca vai saber, gatinha", retumbou uma voz profunda, familiar, atrás dela.

Seu olhar se levantou e encontrou um cinza tempestuoso.

"Max", ela respirou, as palmas das mãos se umedecendo com a visão dele. Sem camisa, descalço, vestindo apenas calças que pendiam bem baixas em torno de seus quadris estreitos. Seus ombros tão largos, sua pele dourada esticada sobre os músculos bem definidos. Um predador.

A sua boca ficou seca, os seios se incharam com o desejo, como se ele não tivesse acabado de comê-la até a exaustão há poucas horas atrás.

Ele veio em sua direção com passos sensuais e suas pernas longas. Ela congelou com aquele olhar, esquecendo de respirar até que seus pulmões queimaram, então suspirou e gritou quando a mão dele segurou a parte de trás de sua cabeça. Seus dedos fortes beliscaram fios de seu cabelo e puxaram bruscamente, dobrando-a à sua vontade. Olhou para ele em meio a uma névoa de medo e desejo, o ímpeto de raiva em seu rosto forte o suficiente para assustá-la. E excitá-la.

"Eu vou ficar com você", Max murmurou, pouco antes de engolir seus lábios entreabertos com uma fome possessiva.

Imaginando que tudo estava perdido para sempre, ela se derreteu em seus braços. Ele a susteve com firmeza. Com respiração ofegante, virou a cabeça, esfregando o rosto contra o dela, sorvendo suas lágrimas.

"O Conselho vai castigar você", ela gritou, a voz falhando. "E-eu não posso suportar te perder."

"Mas você estava prestes a me perder." Ele lambeu profundamente sua boca, fazendo-a gemer e abrir-se para ele, silenciosamente implorando por mais. Ele a forçou, arfando, sua língua movendo-se em carícias com tanta habilidade que a deixou sem fôlego. Um braço dava apoio para as suas costas, a outra mão segurava seu peito e o comprimia com a pressão agressiva que ela viria a saborear e ansiar.

"Deixe-me ser o instrumento da sua vingança", Max sussurrou misteriosamente, seus lábios se movendo contra os dela.

Um presente. Para ela.

Victoria engoliu em seco, atordoada por sua afirmação e pelo que isso significava. "Max."

Ele sustentou seu olhar. "Você tem seus interesses comerciais para ocupar suas horas do dia, mas as horas privadas são minhas. Você vai servir, obedecer e satisfazer a mim. Nunca vai questionar uma ordem ou me negar nada. Vou fazer coisas com o seu corpo que vão testar os seus limites. Às vezes, você vai querer me dizer 'não', mas você vai fazer o que eu quero, independentemente da sua vontade. Este é o seu compromisso comigo."

Ele a abraçou com força, enterrando o rosto no espaço macio entre o pescoço e o ombro dela. Sua voz baixou e veio ríspida: "Meu compromisso é cuidar de você, e sustentar você em todos os sentidos. Se precisa de vingança para se libertar do passado, vou garantir que isso aconteça. Você é o meu maior tesouro, Victoria. Vou sempre valorizar você e tratá-la como tal."

Seus braços o rodearam, os cílios molhados e a visão embaçada. "Quero o Triunvirato."

Para dar-lhe isso, ele teria que negligenciar o Conselho, que desejara por tanto tempo. Naquela noite, havia mais coisas do seu passado do que ela imaginava, e o perigo era mortal.

Max acenou compreensivamente e sem hesitação, mas o tique em sua mandíbula o traiu. "Você vai me amar como você o amava? Você consegue?"

Ela soltou um suspiro profundo em uma agitação audível. Seu coração se derramou para ele, revelando as muitas facetas do seu afeto e adoração, os sentimentos que tinha por Max tão diferentes do que sentia por Darius, mas tão poderosos, e crescendo a cada dia. Estava começando a perceber o quanto de si mesma ela havia mantido longe de Darius, e quanto de si mesma já havia compartilhado com Max, o homem que havia lhe mostrado como acolher sua natureza e deleitar-se com ela. Segura em seu abraço.

"Sim, Max", ela prometeu. "Muito."

Seu poder cresceu em resposta à sua paixão, fluindo para ela, e ela o amplificou. A sintonia profunda em suas almas era quase irresistível. Eles teriam que treinar, reaprender tudo o que sabiam, encontrar uma maneira de controlá-la. Juntos.

Mal posso esperar para começar. A voz confiante de Max em sua mente lhe deu coragem.

A tarefa à frente não seria fácil...

Você não gosta de coisas fáceis, gatinha.

Victoria ofereceu-lhe a boca, e ele a tomou, rindo surdamente quando seus lábios se curvaram contra os dele em um sorriso de gato.

AQUELA VELHA MAGIA NEGRA

Capítulo um

Quinze minutos para a meia-noite, a hora das bruxas, véspera de Natal

Havia algo indefinível sobre o homem alto com roupas escuras atravessando a calçada. Essa misteriosa característica provocava olhares prolongados de cada folião nos lugares próximos às janelas do Richie's Diner. Ele parecia não notar, seu olhar direto e firme, seu propósito definido e imutável.

Era difícil definir o que chamava a atenção. Seria a amplitude impressionante de seus ombros e o modo como seus cachos negros escuros escorriam por eles como uma juba? Seria a maneira como ele se movia com um propósito sensual, cada passo elegante e predatório? Ou seria seu rosto, clássico e de uma beleza selvagem, todos os planos e ângulos duros, mandíbula rígida combinada com lábios bem desenhados?

Talvez fosse simplesmente o fato de ser véspera de Natal, momento em que ele deveria estar em casa, confortável e seguro com aqueles que amava. Não do lado de fora, na neve, sozinho e sem sorrir.

Tinha olhos acinzentados, como uma tempestade iminente, e um ar confiável que claramente atestava que era um homem para ser encontrado e jamais esquecido.

"Aquele homem poderia foder uma garota em um orgasmo escandaloso. Garantido", disse a mulher de Richie, sem fôlego, à sua prima. "Onde é que eu assino?"

O restaurante estava fechado para os clientes, ainda que lotado com a família e amigos de Richard Bowes. Crianças pilotavam a máquina de servir sorvete, fazendo milk-shakes, enquanto os homens cozinhavam e contavam piadas indecentes na cozinha. Frank Sinatra cantava músicas natalinas através dos alto-falantes, e risos enchiam o ar com a alegria da estação.

Detendo-se no canto, o galã do lado de fora estendeu ambos os braços, e um gato preto ágil que não tinha sido notado a partir das janelas pulou agilmente em seu abraço. Nevara forte mais cedo, e flocos leves ainda bailavam em rajadas aleatórias, mas o luxuoso casaco de ébano do animal não foi prejudicado pelo clima. O homem, também, não parecia estar molhado ou com frio.

Ele segurou o felino com reverência, seus dedos esfregando por trás de suas orelhas e acariciando para baixo por sua coluna arqueada. O animal subiu no seu peito e olhou por cima do ombro, olhos verde-esmeralda observando os ocupantes do restaurante. Acariciando o topo da cabeça contra o rosto do homem, o gato parecia sorrir presunçosamente para os olhares de cobiça das mulheres no restaurante.

Não havia uma única mulher da família Bowes que não gostasse de ser aquele gato.

Por um longo momento, as luzes de Natal piscando nas janelas criaram matizes de arco-íris na pelugem brilhante e nos cachos de cabelo escuro, criando uma cena de Natal única, mas bonita. Em seguida, o homem retirou-se do ambiente.

Atravessou a rua e virou uma esquina, desaparecendo.

Max Westin resmungou baixinho enquanto uma língua felina áspera acariciava ritmicamente sua pele sensível atrás da orelha.

“Gatinha...”, alertou.

Você é delicioso, Victoria ronronou em sua mente.

“Agora entendo por que os bruxos de nível superior não mantêm Familiares.” Segurou-a mais perto para relativizar suas palavras. “Você é uma distração permanente.”

Eu sou necessária, ela respondeu, rindo. *Você não pode viver sem mim.*

Ele não retrucou; ambos sabiam que era verdade. Ele a amava com profunda e satisfeita naturalidade e saboreava o vínculo que compartilhavam como bruxo e Familiar. Ela estava com ele em cada momento, seus pensamentos e emoções se fundindo com os dele, seu poder ampliando o dele. Mesmo quando a distância física os separava, eles estavam sempre juntos. Ele não conseguia respirar sem ela. Ela era uma parte dele, e ele não aceitaria nada aquém disso.

Sendo um Caçador do Conselho, que governava sobre todos os tipos de "mágicos", ele recebia apenas as mais difíceis missões – vencer aqueles que tinham cruzado a fronteira para a magia negra e não podiam ser salvos. Havia sido preparado para se juntar ao Conselho, uma honra concedida tão raramente, que poucos se lembravam da última vez que tal promoção ocorrera.

Em seguida, Eles o haviam incumbido de uma última tarefa – domar ou matar Victoria St. John, uma Familiar feroz, impulsionada pelo luto da perda de seu bruxo.

Max nunca esqueceria sua primeira visão dela e do efeito que isso lhe causara. Magra e com pernas longas, com olhos verdes inclinados e cabelo curto preto, ela incorporava a sensualidade inerente de um gato e o corpo de uma mulher criada para o sexo.

Uma parte profundamente enraizada dele sabia que ela lhe pertencia desde o momento em que se conheceram. Uma parte dela sabia disso também, ainda que tivessem jogado um jogo de gato-e-rato até que ele não pudesse mais ser jogado. Então o Conselho interveio e os obrigou a fazer uma escolha – seguirem as ordens do Conselho ou um ao outro.

Nenhum deles hesitou em escolher o seu amor, independentemente da pena.

Eu os sinto, ela disse, sua voz gutural já sem nenhum traço da brincadeira provocante de um momento antes.

"Eu também."

O Triunvirato. Eles foram responsáveis pela morte do bruxo anterior de Victoria, Darius. Este, também, havia sido preparado para o Conselho, o último bruxo tão honrado antes de Max a chamar a atenção deles. Irritados com a decisão de Darius de ficar com Victoria em vez de aceitar um lugar no Conselho, Eles tinham retaliado ao enviar Darius e Victoria sozinhos atrás do Triunvirato.

Darius deveria ter recusado, sabendo que sua morte seria o resultado inevitável de um jogo tão desigual. Ele deveria ter lutado para ficar com Victoria, para protegê-la das maquinações do Conselho.

Isso é o que Max teria feito.

No entanto, você vai caçá-los agora, ela murmurou.

"Por você."

Era a promessa que ele havia feito a ela quando a tomou como dele – sua submissão em troca da destruição do Triunvirato. Ela não tinha pedido isso, havia sido insistência dele, mas era a prerrogativa do mestre garantir que sua submissa tivesse aquilo de que precisava para ser feliz. Victoria precisava encerrar esse capítulo; ele lhe daria isso.

Eu te amo.

Ele sentiu a verdade incontestável de seus sentimentos no fundo de sua alma. O brilho reluzente do amor de Victoria era tão poderoso que mantinha a escuridão dentro dele nos limites das sombras a que ela pertencia. Circundar as margens da magia negra era perigoso, porque o lado escuro era sedutor. Se não tivesse Victoria para ancorá-lo, Max não tinha certeza do que ele teria se tornado ao longo dos séculos.

"Eu também te amo, gatinha."

A nevasca aumentou novamente, tornando difícil a visibilidade. O vento ficou mais frio, soprando na diagonal, atirando rajadas laterais contra eles. Deveriam estar em casa, entrelaçados nus diante da lareira, suando pelo esforço carnal. E tremendo com o frio que vinha tanto de dentro como de fora.

Blindando-os com magia, Max os manteve secos enquanto eles viraram a esquina da rua e, em seguida, novamente em um beco coberto de lixo. A nevasca repentina foi uma demonstração de força do Triunvirato, um lembrete de que os três irmãos eram absolutamente poderosos. Eram dois contra três desse jeito, mas as chances eram ainda menos favoráveis que isso. O Triunvirato extraía poder da Fonte de Todo o Mal. Max e Victoria tinham-se apenas um ao outro. Quando os seus recursos fossem esgotados, não teriam outros artifícios. O Conselho não iria ajudá-los. Eles se recusaram a sancionar essa batalha, sabendo que era o que Max e Victoria queriam mais do que qualquer coisa. Em matéria de guardar rancor, o Conselho dava aulas do alto de sua experiência.

Vale a pena?

Ele interrompeu o passo, surpreso com o seu pensamento.

Victoria saltou do seu ombro para o piso molhado. Mudou de forma instantaneamente, ficando em pé diante dele, nua e infinitamente sedutora, seu único adorno uma fita preta em volta do pescoço.

Sua coleira. A visão dela e a consciência do que ela simbolizava o excitavam com um entusiasmo violento.

"Nossa, você é linda", murmurou, admirando a perfeição madura e cheia de curvas de seu corpo flexível. Com um estalar de dedos, ela estava vestida da cabeça aos pés em uma Lycra preta ajustada à sua forma. Seu corpo pertencia a ele para seu exclusivo desfrute e de nenhum outro.

Quando eles se conheceram, ela estava muito magra, sinal da negligência forjada por séculos passados sem um mestre para cuidar dela. Familiares precisavam ser alimentadas e cuidadas, acariciadas e satisfeitas. Elas também precisavam de disciplina, e ela não tinha nenhuma, nem mesmo com Darius, que, apesar de seu poder e habilidade extraordinários, tinha sido demasiado flexível em controlar uma Familiar tão obstinada como Victoria St. John.

"Não sei direito se quero fazer isso, Max", disse ela, dando um passo em direção aos seus braços.

O Poder pulsava em suas veias com aquela proximidade. Fizeram amor por longas horas, usando sua ligação para produzir e armazenar as reservas tão necessárias para a batalha que viria pela frente. Toda vez que ela chegava ao clímax, a magia avançava por meio dele, melhorando e se multiplicando antes de retornar para ela, criando um ciclo que os fez sentirem-se invencíveis juntos.

"Mas nós não somos invencíveis", argumentou contra os seus pensamentos não verbalizados. "E eu não posso te perder. Sua vida não vale o risco. Posso sobreviver em um mundo com o Triunvirato. Não posso sobreviver em um mundo sem você."

"Isso é o que você queria."

"Não mais." Sua boca exuberante crispou-se com determinação. Ela era tão linda, seus olhos verdes brilhantes cercados por grossos cílios de ébano. "Durante muito tempo, o desejo de vingança era a única coisa que eu tinha na vida. Minha única razão de viver. Você mudou isso, Max."

A mão dele passou por entre os fios curtos de seu cabelo e segurou a parte de trás de sua cabeça. "Esta noite é a nossa melhor chance de vencer o Triunvirato no ano inteiro."

O mundo estava cheio de alegria e amor, de celebração e felicidade, de orações dos crentes e esperança dos descrentes. Os mortais sentiam a mudança, apesar de não entenderem como ela era real. Os poderes do Triunvirato seriam reduzidos, uma pequena vantagem da qual Max e Victoria precisavam desesperadamente.

"Esqueça este ano, e o próximo", disse ela, com lágrimas nos olhos. "Você não entende? Eu te amo muito. Vencer o Triunvirato não vai trazer Darius de volta e, mesmo se pudesse, ainda assim não valeria a pena. Essa parte da minha vida acabou. Você e eu temos uma nova vida juntos, e isso é mais precioso para mim do que qualquer coisa."

"Gatinha". A garganta de Max se apertou. Não imaginava ser possível amá-la mais do que já amava, mas a dor súbita no seu peito provou que estava errado. Durante séculos ela havia procurado uma maneira de se vingar por Darius. Agora estava disposta a desistir dessa busca. Por ele.

"*Que comovente.*"

As vozes provocativas do Triunvirato giravam em torno deles, sacudindo a bolha protetora que os blindava da neve. A força protetora necessária para afetar seu feitiço era enorme, e Max respirava fundo enquanto Victoria concentrava-se em adicionar sua força à dele.

Um arrepio percorreu toda a extensão de sua tensa estrutura. Max sentiu e a acalmou com seu toque, acariciando-a ao longo da curva de sua coluna vertebral.

"Nós podemos fazer isso", murmurou tristemente determinado.

As mãos dela agarraram sua camisa. "Sim."

Max deu um beijo duro e rápido em sua testa. Ela o soltou e tomou posição ao lado dele, seus dedos ligados. Diante dos dois em uma linha estavam três figuras sinistras, seus olhos brilhando avermelhados de dentro das sombras de seus capuzes, com uma altura de bem mais de dois metros de altura, os corpos macérrimos, mas detentores de um poder fenomenal.

"Talvez nós a levemos conosco desta vez, gatinha linda", um deles uivou para Victoria, rindo. O rosto dele era branco como a cal e impressionantemente anguloso, como se a pele estivesse derretendo lentamente sobre a camada de ossos.

"Não na minha vida", Max desafiou suavemente.

"Claro que não", gargalhou outro. "Qual seria a graça de outra forma?"

Quando se opuseram a eles, a frente e aparência unificadas do Triunvirato ampliavam a sensação de que se enfrentava um verdadeiro exército. Enquanto outros demônios e cães infernais eram rotineiramente descartados e removidos da Fonte, esses irmãos tinham sido imutáveis na Ordem do Mal por séculos. A maioria dos mágicos os enxergava como uma figura tão permanente quanto Satanás. Eles simplesmente eram e sempre seriam.

Em um movimento-relâmpago, Victoria se agachou e estendeu o braço, expelindo uma bola de fogo de magia para acertar o irmão no centro. Quase instantaneamente, dois ataques de retaliação foram atirados em sua direção vindos da esquerda e da direita, a força dos golpes suficiente para balançá-la sobre os pés, apesar das proteções ao redor.

Max pulou para a frente, as mãos para fora, retornando o fogo. Victoria novamente atacou o que estava no meio, o que fez com que o Triunvirato levasse golpes simultâneos.

Se não fosse o presente de Darius para ela, Victoria não seria capaz de fazer mais do que ficar ao lado de Max e tentar fortalecê-lo, como tinha feito na noite em que Darius tinha sido morto. Mas agora ela carregava a força do bruxo morto dentro dela. O poder de Darius borbulhava através de seu sangue e lhe permitia lutar como uma bruxa com um acréscimo Familiar. Max esperava que isso fosse suficiente para salvar os dois.

O Triunvirato retaliou em conjunto, avançando um passo de cada vez, enviando rajada após rajada de magia negra gelada para atingir as defesas de Max e de Victoria.

Mas eles não recuaram. Enquanto lutavam para manter as proteções no lugar e contra-atacar, o suor pontilhava suas testas, apesar da tempestade de neve. O Triunvirato uivou sua fúria, aparentemente não afetado pelo ataque que sofreram.

Victoria olhou para Max, viu o conjunto de sua mandíbula e os fios das veias em suas têmporas enquanto expelia magia cinza para fora de seus dedos em crepitantes arcos de energia. Ele se concentrou em um irmão, seus ombros se curvando para dentro, com a força com que projetava o poder dentro dele.

Quando as correntes traiçoeiras penetraram as vestes escuras e carbonizaram a pele pálida como a lua, o irmão alvejado gritou em agonia. Seus irmãos correram em seu auxílio, concentrando sua atenção em Max. Victoria continuou a atacar, na esperança de atrair o fogo em sua direção. Mas, em face da possível perda de um deles, o Triunvirato recebeu seus golpes com admirável resiliência.

As proteções ao redor de Max começaram a ondular e dobrar, curvando-se ao maior poderio vindo do exterior. Sangue escorria de uma de suas narinas, e sua dor invadiu o peito dela como uma lança em brasa. Victoria chorou, seu estômago apertando com um terror estúpido. Memórias da noite em que ela tinha perdido Darius misturadas com o horror do momento presente, criando um pesadelo sem precedentes.

O Triunvirato era muito forte. Max iria morrer.

Victoria gritou, incapaz de suportar perdê-lo. Séculos sozinha... Afligida pela dor... Então Max tinha entrado em sua vida. Mudando tudo. Mudando-a. Deixando-a inteira novamente. Acalmando sua inquietação. Amando-a, apesar de seus defeitos.

Como vou viver sem você?

Então, com uma rapidez alarmante, uma solução apresentou-se em sua mente, oferecendo um fino raio de esperança.

Ela poderia repetir o feitiço que Darius tinha usado, transferindo a maior parte de seu poder para Max. Ele ficaria mais forte então, capaz de se salvar e fugir.

Faça-o.

Convocando cada gota de magia que possuía, Victoria começou a encantar o feitiço que nunca havia esquecido. Jamais poderia esquecer, porque essas tinham sido as últimas palavras que Darius havia dito.

Puxado por um fio invisível, seu poder se compôs e se aglutinou, a sensação vertiginosa de sua força e estranhamento. Seus lábios se moviam mais rápido, as palavras fluindo mais livremente.

"Victoria!" Max gritou, seus escudos se movendo sinuosamente em uma prévia da destruição que se aproximava rapidamente.

Era culpa dela que ele estivesse naquele lugar, lutando uma batalha que era só dela. Foi o amor por ela que o havia trazido para este fim. Seria o seu amor por ele que iria poupá-lo.

"*Max.*" A mágica irrompeu de Victoria em uma explosão tão poderosa que a deixou de joelhos. Essa magia alcançou Max com tal violência que seu corpo estremeceu como se tivesse sido fisicamente atingido. Suas proteções restauradas ao seu estado rígido e os braços flexionados se retesaram com uma força renovada.

Victoria entregava a ele tudo o que possuía, sem guardar nada para si mesma, porque a vida dela significaria pouco sem ele. Ela não iria sobreviver à sua perda. Mal tinha conseguido sobreviver à de Darius.

Max gritou em triunfo por conta da agitação inebriante e súbita. Uma fina camada de proteção se insinuava além da que blindava Max. Ela cresceu em tamanho, expandindo-se, abrangendo o Triunvirato e impedindo o reforço de poder da Fonte de alcançar os irmãos.

Incapazes de recomporem suas forças próximas do esgotamento, os alvos de Max caíram de joelhos, declarando sua derrota iminente.

Victoria assistiu com os olhos cheios de lágrimas.

O Triunvirato retira a força de seus números.

A voz de Darius flutuou em sua mente. Ela e Max não estavam sozinhos. Havia três deles, assim como havia três dos irmãos. E era véspera de Natal. Eles tiveram uma chance de lutar.

Usando suas derradeiras forças, ela enviou uma última rajada em direção ao irmão mais próximo. A força impotente da explosão foi apenas o suficiente para chamar a atenção dele. Mas, ao cair de joelhos, o olhar de laser brilhante se fixou totalmente nela. Ela registrou a satisfação dele com a visão de seu estado debilitado. Talvez ele percebesse que o seu apoio a Max a estava afetando. Ele não sabia que já era tarde demais.

Preparada para o golpe inevitável, Victoria não produziu nenhum som quando o mal perfurante do golpe dele afundou profundamente o seu peito, gelando seu coração e diminuindo seu ritmo. Ela mordeu o lábio e tombou, contendo qualquer grito que poderia distrair Max no momento de triunfo.

O beco começou a girar e se contorcer. Outra explosão cruel golpeou-a exatamente no alto da cabeça, derrubando-a de costas. Seu crânio bateu contra o asfalto pedregoso e sua visão se escureceu e estreitou. Seus ouvidos zumbiam, abafando o som de sua pulsação acelerada.

"Max...", sussurrou, provando o sabor acobreado de sangue em sua língua.

Uma explosão de luz ofuscante transformou a noite em dia. O enxofre encheu suas narinas e queimou sua garganta. Os prédios ao redor deles tremiam com o impacto, liberando uma nuvem de detritos minúsculos que se misturavam com a neve caindo.

Você conseguiu, meu amor, ela pensou, enquanto seus membros gelaram.

"Victoria, não!"

O grito desesperado de Max abalou seu coração.

Flocos de neve gelados se misturaram às lágrimas quentes. No silêncio repentino, os sons distantes de canções de Natal e dos sinos tilintando tentavam espalhar alegria. Em vez disso, o que se viu foi um réquiem triste.

Seu peito arquejou em um último suspiro.

Eu te amo.

Com Max em sua mente e coração, Victoria morreu.

Capítulo dois

Seis horas antes...

Ele estava lá, na escuridão. Observando-a. Circulando ao redor dela.

Sua fome a circundava, afiada e cortante. Insaciável. A voracidade dele assustou-a algumas vezes. Ela não podia controlar ou apaziguar seus desejos.

Tudo o que podia fazer era se render. Submeter-se. A eles, a ele.

Arqueou as costas, os braços esticados na distância permitida pelos laços de seda em seus pulsos, as pálpebras agitando-se sob a venda de cetim vermelho. Victoria levantou-se, ancorada, de braços abertos, com as mãos agarradas em torno das cordas de veludo verde que se estendiam do teto. As cores da estação. Mais do que mero sentimentalismo, era uma prova da atenção de Max aos detalhes. A mesma atenção intensa que ele dedicava ao seu corpo. Ele a conhecia por dentro e por fora, cada curva e fenda, cada sonho e segredo.

O beijo súbito do chicote contra suas nádegas nuas a fez assobiar como o felino que era. A ferroada demorou, ficou quente, a fez se contorcer.

"Não se mova, gatinha", Max roncou, sua voz profunda como uma carícia rouca.

Se ela pudesse vê-lo. Sua visão felina poderia beber dele, adorá-lo. Ele era tão bonito. Tão delicioso. Seu bruxo. Dela.

A luxúria dele era um cheiro potente no ar, escura e sedutora, poderosa. Fazia seus mamilos se contraírem, seus seios incharem, amaciava seu sexo. Sua boca se encheu de água antecipando o gosto de seu pênis e ela ronronou, o ruído como um apelo inequívoco por mais. Sempre mais.

Ela era tão insaciável quanto ele, impulsionada por um amor, tão absorvente e vital, que ela se perguntava como conseguira viver sem ele.

"Max", ela sussurrou, lambendo os lábios. "Preciso de você dentro de mim."

A magia subiu no ar entre eles, os dons Familiares dela aumentando consideravelmente seu poder. Sua coleira formigava em torno do pescoço. Era invisível para os mortais, mas para outro mágico era um símbolo flagrante e inequívoco da propriedade de Max. Uma simples fita preta proclamando que ela era possuída, amada, cuidada e protegida. Ela havia rejeitado o símbolo de submissão durante séculos depois que Darius tinha perecido. Então Max Westin a caçou, e ela aprendeu a amar a súplica.

Agora eles eram bandidos, encarregados apenas daqueles trabalhos não-desejados, punidos pelo Conselho em cada situação. A adversidade só tornava sua ligação mais forte, aprofundava sua conexão.

"Te amo", ela suspirou, arqueando-se em um esforço para aliviar o desejo agonizante que a consumia. Sua pele estava quente e aspergida com o suor, desesperada pela sensação daquele corpo poderoso pressionado contra o dela.

O chicotear escaldante de uma língua sobre seu mamilo contraído a fez gritar em um reflexo de desejo quase irracional.

"Eu também te amo", ele murmurou, sua respiração molhada contra sua pele recém-umedecida. Ela ouviu o barulho do chicote bater no chão pouco antes de suas grandes mãos segurarem seus quadris.

"S-sim." Ela engoliu em seco. "Sim, Max."

Enquanto o rosto quente dele era pressionado contra o vale entre seus seios, suas mãos deslizavam em torno de suas nádegas, seus dedos massageando a carne firme. Seu toque era suave e reverente, apesar da necessidade selvagem que ela farejava nele. Ele a amava muito, o suficiente para moderar sua paixão e mantê-la sob controle. Não havia nada no mundo tão bom como fazer amor com aquela intensidade feroz e focado. Victoria estava viciada no prazer que ele lhe proporcionava com detalhes de *expert*.

"Me come", ela sussurrou com os lábios secos. "Meu Deus, Max... Eu preciso do seu pau."

"Ainda não, gatinha. Eu não terminei de brincar."

Ela estremeceu quando sua boca quente se fechou em torno da ponta dolorida de seu peito. Ofegante, ela se contorcia em seus braços. "Maldito... você está me matando."

O som da Orquestra Boston Pops tocando músicas natalinas fluía da sala de estar, misturando-se com o som do sangue correndo em seus ouvidos. Lá fora, a neve continuava a cair sem esmorecer, cobrindo a cidade com uma camada intocada. Era bonita, mas enganosa. O cabelo na nuca de Victoria levantou-se e uma gota de suor correu por sua têmpora. Magia negra e insidiosa estava à espera deles. O assobio do vento contra as janelas era prova disso.

Estamos esperando, sussurrou o vento.

O desafio zombeteiro do Triunvirato foi trazido pela tempestade.

Mas aqui dentro do vasto apartamento de Max, ela estava protegida em um casulo de desejo e amor. Juntos, a magia deles era uma força poderosa a ser considerada. Até agora, estavam invictos. Mas nunca haviam lutado contra qualquer demônio tão próximo da Fonte como o Triunvirato.

Pense em mim, Max rosnou, seus dedos se apertando em sua pele delicada.

Suas palavras ecoaram em sua mente, uma manifestação da conexão profunda até a alma entre Mestre e Familiar. Seu laço tinha que estar no seu ponto mais forte e mais profundo, para que pudessem alimentar alguma esperança de sucesso esta noite.

"Sempre", ela disse com uma voz rouca, envolvendo suas longas pernas em volta de sua cintura magra. "É sempre você."

Ela foi levantada pelo poder do parceiro, erguida para o alto como se apoiada por arreios. A venda caiu, deixando-a piscar, sua visão se ajustando para a visão felina noturna que lhe permitia ver seu amante em toda a sua glória.

Max estava entre suas coxas abertas, o cabelo escuro umedecido pelo suor e pegajoso contra sua sobrancelha arrogante. Seus olhos eram escuros e brilhantes, sua pele dourada, sua musculatura evidenciada pela forte tensão sexual.

Quando ele abaixou a cabeça e aproximou os lábios de sua fenda trêmula, a profundidade do seu desejo inundou-lhe a mente em um grunhido feroz que a fez sacudir dentro de suas amarras.

Minha linda gatinha tem uma boceta linda, ele sussurrou. *Macia, doce e deliciosa.*

Então sua boca estava entre suas pernas, a língua deslizando através das dobras lisas e acariciando seu clitóris inchado. Ela arqueou-se em direção às mãos dele, seu corpo tremendo com o delicioso tormento.

Com olhos aturdidos e as pálpebras pesadas, Victoria absorveu com um fascínio impotente a visão de um homem lindo comendo-a. O amor entre eles só fez aumentar o erotismo do momento. Max gostava de possuí-la dessa maneira, desejando intensamente o gosto dela, chupando-a diariamente, seu deleite óbvio nos rosnados famintos que vibravam contra sua carne macia. Seu prazer estimulava o dela até que ela o cavalgava com força, rasgando-se em pedaços.

O poder dela aumentou com o êxtase que Max proporcionou com uma habilidade perversa, ao mesmo tempo ampliando o seu, ocupando o apartamento até que as vigas de madeira e tábuas rangiam com o esforço para contê-lo.

"Deixe-me tocar você", ela implorou, com as mãos se apertando e se soltando inquietas. Ela poderia facilmente libertar-se, mas não o fez. Isso tornou sua submissão ainda mais preciosa para ele. Ele a adorava por causa disso, e ela o adorava por tê-la feito enxergar isso como força, não fraqueza.

Eu quero você assim.

Ela perdeu o fôlego enquanto seus lábios circularam seu clitóris e ele chupou, o prazer irradiando em ondas através de seu corpo. Sua língua acariciou ritmicamente toda a protuberância endurecida de nervos, fazendo-a apertar a sua vagina desesperadamente em um apelo silencioso para ser preenchida.

"Max..."

Sua cabeça se inclinou e ele a ergueu ainda mais, sua língua empurrando profundamente, fodendo forte e rápido em direção às suas profundezas, que derretiam e espasmavam.

Victoria uivou, gozando fortemente, suas costas se curvando enquanto o orgasmo roubava sua visão. A magia explodiu dela como ondulações na água, transbordando sobre Max até que ele se balançou tão furiosamente como ela.

Mas ele não parou.

Seus lábios, língua e dentes continuaram a se banquetear dela, gemidos derramando-se de sua garganta enquanto ele a bebia. A cortina de seda de seu cabelo roçou contra as suas coxas, somando-se à barragem esmagadora de sensações que a assaltava. Tudo seria demais se não fosse por seu amor, que a ancorava em meio ao turbilhão e a impedia de perder a cabeça.

"Oh, Meu Deus, Max", ela gemeu, tremendo com as réplicas.

Ela nunca soubera que o sexo podia ser assim tão... *fervente* até conhecer Max. Ele levava seu corpo para lugares que ela jamais imaginou que poderia ir. Ele permitia que não existisse nenhuma barreira entre eles, nenhuma resistência.

Max liberou os seus pulsos e ela afundou inerte em seus braços, seu rosto caindo no ombro e seus lábios tocando sua pele. O gosto dele era um afrodisíaco, mantendo-a quente e úmida. Faminta.

Ele a colocou cuidadosamente em pé, em seguida aplicou uma pressão suave mas insistente sobre os ombros. "Chupa meu pau, gatinha."

Ela afundou graciosamente e com gratidão dobrou-se de joelhos, sua boca se enchendo de água pelo gosto dele e a sensação daquele mastro pesado e revestido de veias deslizando sobre a sua língua. Ela estava desesperada por ele, sua garganta se apertando em antecipação.

Ele segurou o comprimento pesado com a mão fechada e guiou a cabeça avermelhada e brilhante para os lábios entreabertos.

"Sim", ele gemeu, seu peito arfando. "Você fica tão bonita quando está me chupando, *baby*."

Quente e latejante, o pau de Max deslizou inexoravelmente em sua boca encharcada. Suas mãos em concha seguravam suas nádegas e o puxavam para mais perto, sua garganta trabalhando para engolir e atraí-lo mais profundamente.

Ele manteve a mão fechada em torno da base para que não a alimentasse demais. A outra mão segurava seu rosto, sentindo a boca adorando o seu pênis pelo lado de fora.

"Jesus", ele suspirou, suas nádegas se apertando contra as palmas das mãos dela enquanto sua língua vibrava sobre o ponto sensível abaixo da coroa. "Devagar, gatinha."

Victoria se soltou com um estalo molhado, seus lábios curvando-se num sorriso felino. Inclinando a cabeça, ela seguiu uma veia pulsando com a ponta da língua, logo depois, circulou a mão dele. Logo depois ela recuou, sugando suavemente enquanto se movia para cima, suas emoções confundindo-se com suas respostas físicas.

"Foda", ele rosnou, suas coxas tremendo. "Chupa, *baby*. Não brinque."

Apertando os lábios contra o pequeno furo na ponta, ela os manteve unidos e avançou sobre ele em um rápido mergulho de cabeça.

Sua mão esquerda deixou a bochecha dela e segurou a parte de trás de sua cabeça, segurando-a parada enquanto ele fodeu a boca de Victoria em estocadas rápidas e superficiais. Ela gemeu de prazer, apertando as coxas bem juntas para combater a dor do vazio em sua vagina.

"Chupa bem forte, gatinha."

Suas bochechas ficaram cavadas em um vácuo de extração, e seu grito feroz de triunfo cresceu para cima até a canalização exposta, combatendo os sons do desafio do Triunvirato com o vento lá fora.

Tremendo, ele jorrou quente e grosso, a lavagem cremosa de seu sêmen fluindo sobre a língua e a garganta de Victoria. Seu punho acariciou a partir da base espessa de seu pênis para satisfazer seus lábios, bombeando o gozo forte e rápido ao longo do eixo da masturbação para dentro de sua boca disposta à espera.

O poder que ela tinha lhe dado com o seu clímax corria de volta para ela, mais quente e mais poderoso, um dilúvio tão intenso que ela não teria sido capaz de aceitar se não fosse o presente que Darius lhe dera. Ela sentiu Max em sua mente, seu amor fluindo através dela em um abraço de saciedade, o prazer dele tão necessário para ela como respirar.

Ele se soltou das chupadas dela. No momento seguinte, o veludo amassado e gelado serviu de almofada para as costas de Victoria e Max estava em cima dela, dobrando as pernas mais abertas para que seus quadris pudessem afundar entre elas. Ela ronronou ao sentir a cabeça lisa de seu pau se encaixando no seu lugar, na pequena entrada aberta de sua boceta.

Com uma poderosa investida, ele estava profundamente dentro dela, seu pênis ainda rígido empurrando através de seus tecidos inchados até estocar no seu final.

"Max!" Seu nome era um grito ofegante nos lábios, seus dedos do pé se enrolando com o prazer de tê-lo pulsando dentro dela, estendendo-a em seus limites da maneira mais deliciosa possível.

"Gatinha safada", ele rugiu, aninhando sua bochecha contra a dela. "Você quase me acabou com sua boca."

"Eu amo seu pau, Max."

"Tudo o que você puder engolir." Sua cabeça se levantou e seu olhar prometeu horas de alegria pela frente. "Sempre vou lhe dar tudo o que você puder aguentar, gatinha."

"Me dê agora", ela ronronou. "Forte e profundamente."

Com os punhos cerrados na colcha, Max a penetrou, afundando-a no colchão com a extensão aquecida do seu magnífico pênis. Sussurrou um elogio lascivo em seu ouvido, descrevendo como a sentia ao seu redor, como ele amava sua boceta quente e os gritos ávidos por mais.

Victoria arranhou suas costas, suas longas pernas enroladas ao redor de seus quadris pulsantes, sua boceta se apertando em todas as retiradas e tremendo em cada golpe. Faminta, saboreando a brutalidade da sua paixão.

Havia um desespero em sua tomada, um impulso primitivo de afundar tão profundamente dentro dela quanto possível, para que eles nunca mais pudessem ser separados. Eles enfrentariam o maior inimigo de suas vidas esta noite e poderiam não sobreviver.

Eu te amo... tão bonita... minha...

Enquanto as emoções dele encheram sua mente e coração, lágrimas correram pelas têmporas molhando o cabelo dela. Ela abraçou suas costas escorregadias de suor e abriu ainda mais as pernas, soluçando com o prazer de sua posse entorpecente, tremendo violentamente por um orgasmo mais forte que qualquer coisa que ela já havia experimentado antes.

O clímax dele seguido do dela, seu esperma jorrando em golfadas escaldantes, seu pênis estremecendo dentro dela com cada pulso doloroso. Sua magia combinada aumentou, sacudindo cada item no apartamento. As janelas rangeram, gemeram, quase incapazes de conter o poder que eles haviam transformado em um só. Nesta noite.

Victoria agarrou-se a Max, chorando. Ela não iria perdê-lo. Não podia.

Se o fim se aproximava, seria a sua vida pela dele.

Ela iria garantir que fosse assim.

Capítulo três

Meia-noite, a hora das bruxas

Ele ia morrer.

O fio quente de sangue da narina de Max o assegurou disso. Suas veias pareciam arrasadas pelo ácido, o peito queimava a cada respiração ofegante, sentiu seu crânio como se estivesse sendo espremido em um movimento sem volta. Cada golpe no seu feitiço protetor era sentido como uma agressão física, e os ataques eram incessantes, vindos de dois lados.

"Victoria!" Max gritou, seus escudos ondulando vacilantes, anunciando seu colapso iminente. Ela teve que se virar e fugir, antes que a força dele diminuísse ainda mais e a deixasse vulnerável.

Corra!

Assim que a sua visão começou a escurecer, e ele temeu escorregar para a inconsciência, uma onda irresistível de poder máximo o atravessou em uma corrida escaldante.

Victoria. Tão visceral que era como se a alma dele tivesse entrado em seu corpo. Seu acréscimo chicoteou ao redor e através dele, fortalecendo-o e protegendo-o de danos.

Quando seu alvo caiu de joelhos e a vitória estava próxima, um frio invasivo se espalhou para fora do meio do peito de Max e agarrou-lhe o coração. O punho gelado apertou, então se espalhou insidiosamente por suas veias. A escassez repentina de Victoria em sua mente era como um grito no silêncio, perfurante e aterrorizante.

Virando a cabeça, olhou para ela e a encontrou caída no chão, um buraco latejante em seu belo peito.

"Victoria, NÃO!"

Sua voz amada, com aquele ronronar suave e rouco, sussurrou em sua mente. *Eu te amo*.

Max rugiu para a tempestade. Suas mãos começaram a decair, sua necessidade de estar com ela conduzindo-o a um impulso que ele não podia negar.

Mas ela não permitiria que ele desistisse.

Sua força de vontade endireitou os braços dele e ampliou o fluxo de magia cinzenta que ele enviava ao irmão que caia. Seus braços trêmulos atiraram para a frente, e a magia se derramou a partir das pontas dos seus dedos em fluxos de branco quente, arqueando através do ar como um relâmpago, afundando-se no corpo em colapso do irmão do meio do Triunvirato. As proteções em torno dele se espessaram, protegendo-o dos golpes que visavam seu perímetro frontal.

O corpo e a magia dele já não eram seus. Estavam revestidos de uma força maior que ele. Algo estranho e novo penetrou profundamente em seus ossos, abraçando sua dor e fúria. Essa força renovada seguiu para fora em uma onda de choque de poder tão destrutivo que quebrou suas defesas e cortou o centro dos irmãos do Triunvirato como uma lâmina de guilhotina.

Seus gritos ecoaram pelo beco, subindo como gritos de Banshee, rasgando o céu em uma explosão ensurdecedora. Como se fossem um único o Triunvirato explodiu em um clarão ofuscante, sacudindo Max pelos calcanhares e fazendo tremer o próprio chão debaixo dele. Os edifícios balançaram com tal violência que ameaçaram desabar, e os animais por toda a cidade protestaram em uma cacofonia súbita. Cães gemiam e uivavam. Gatos gritavam. Os pássaros fugiram de seus ninhos quentes em um motim de grasnidos e asas batendo.

Em seguida, o beco ficou em silêncio. O único som que quebrou a calmaria foi o tilintar dos sinos distantes e o próprio soluço torturado de Max.

Ele caiu na neve sobre os joelhos, com um vazio dentro de si que lembrava um buraco escancarado e dilacerado com o qual sabia que não poderia sobreviver. Ele precisava de Victoria. Não poderia viver sem ela.

Tinha passado séculos sozinho, focado em sua principal missão – fazer cumprir a vontade de morte do Conselho. Victoria tinha trazido luz para sua vida, calor com o ardor de sua paixão e amor para o vazio do seu coração.

"Maldito seja", disse ele com a voz rouca, rastejando em sua direção enquanto detritos se sacudiam e se misturavam com os flocos de neve. "Você não pode me deixar aqui sozinho."

Max a pegou e a puxou para seu colo. Entoando um feitiço após o outro. Tentando tudo o que sabia, magia negra e branca, *qualquer coisa* para curá-la e trazê-la de volta para ele.

Mas ela não se moveu, seu peito não subia e descia com a respiração, as pálpebras não tremulavam sobre as íris de esmeraldas brilhantes que ele adorava.

"Gatinha...", soluçou. "Você não pode me deixar aqui sozinho... você não pode me deixar..."

Balançando-a, Max pressionou os lábios trêmulos em sua testa e sentiu a sanidade fugir dele como areia em uma ampulheta.

"Salvem Victoria!" Sua ordem rasgando a noite, chegando ao Conselho que ouvia e via tudo. "Salvem Victoria ou eu vou atrás de vocês", sibilou. "Cada um de vocês. Vou matar todos vocês. Eu juro."

Nós avisamos que isso iria acontecer, Eles devolveram. *Sua perda é a penalidade para sua arrogância.*

O queixo de Max se apertou. Seu olhar se estreitou em Victoria, que estava linda e estranhamente calma. Sua pele pálida e luminosa como uma pérola, seus cílios grossos cravados de lágrimas e neve derretida. Ela brilhava. Suave e delicadamente. Com um brilho interior.

Aliviado, Max entendeu isso como uma luz no fim do túnel. E o que isso significava.

A magia dentro dela ainda vivia. A magia de Darius.

Vocês não podem tê-la, Max resmungou, a fúria sobrepujando sua tristeza esmagadora. *Ela é minha.*

Havia consequências preparadas para quem ousasse penetrar no Reino Transcendual. Penalidades terríveis.

Ele não se importava.

Ele seria manchado, marcado. Alguns poderiam caçá-lo como a um bandido. A paz seria efêmera, com sua cabeça a prêmio.

Max não hesitou. Tudo valeria a pena. *Se* ele tivesse Victoria.

Cortando seu pulso com um pouco de magia, segurou o braço por cima das feridas no peito de Victoria. O vermelho de seu sangue misturou-se com a neve e pingou sobre sua carne carbonizada. A mistura chiou em cima de sua pele e a fumaça subiu.

Max fechou os olhos e começou a encantar.

Victoria acordou com um grito e viu-se deitada em um campo de flores amarelas. O ar estava impregnado de lírios e grama aquecida pelo sol, e as borboletas voavam pelos ares em bandos raramente vistos.

Colocando-se sentada, percorreu os arredores com maior cuidado tentando conciliar a beleza do dia de verão com o beco coberto de neve em que havia estado apenas um momento antes. Olhou para baixo, observando a roupa de linho simples que usava, cortada de forma singela e sem adornos. Sua mão se levantou contra o peito sem ferimento e ela franziu a testa.

Onde estava Max? E onde ela estava?

Uma mão masculina entrou em seu campo de visão. Seu olhar se levantou e foi parar em um rosto amado que ela pensou que nunca veria novamente. “Darius.”

“Olá, Vicky.” Sua linda boca se curvou em um sorriso amoroso. A luz do sol iluminou seu cabelo dourado com um brilho que lhe roubou o fôlego e apertou seu peito. Sua covinha favorita pontilhava sua bochecha e trouxe de volta uma enxurrada de lembranças preciosas .

“Onde estamos?”

Ela aceitou a mão estendida, permitindo-lhe que a puxasse para ficar em pé.

"Juntos", ele disse simplesmente. "Embora eu sempre estivesse com você."

Darius entrelaçou os dedos aos dela. "Caminha comigo?"

"Estou morta?"

Ele inclinou a cabeça para o lado, como se estivesse ouvindo algo que ela não podia ouvir. Suas belas feições assumiram um semblante pensativo e seus lábios se franziram. Então ele partiu, puxando-a junto com ele, esquecendo-se de responder à pergunta de Victoria. Ou escolhendo não responder.

À medida que caminhavam, o reconhecimento de sua localização veio a ela – o sul da França. Um dos muitos lugares que eles tinham visitado e apreciado como um casal.

"Você esteve aqui o tempo todo?", ela perguntou.

"Não. Eu me mudo de vez em quando."

" 'Se muda'?"

Ele olhou de lado para ela com um brilho familiar nos olhos. "Estou acompanhando o vernacular."

Enquanto as flores eram esmagadas sob seus pés, as fragrâncias sedutoras docemente enchiam o ar. Era o paraíso, de uma forma, mas ecos de dor e saudade crispavam os cantos de sua boca.

Max. Seu cuidado por ele era soberano em sua mente.

"Onde estamos, Darius?"

"Você sabe onde estamos." Ele olhou para a frente, revelando a elegância clássica de seu perfil.

"Está acabado para mim, então?"

"Pode ser." Com um gesto da mão, dirigiu-a para sentar-se em cima de um banco em forma de meia-lua que abraçava uma árvore. Uma árvore que, apenas um segundo atrás, não estava ali.

"Você ainda tem magia", disse ela.

"Está impregnada em nós."

Victoria se sentou, os dedos movendo-se inquietos sobre a borda da saia. A urgência dentro dela crescia a cada respiração, o que provocou uma descontrolada necessidade de agir. Para ela, o tempo estava passando duplamente, um contraste chocante com a calma penetrante que sentia no Reino Transcendual .

Darius se sentou ao lado dela e tomou uma de suas mãos. "Quando eu a vi pela primeira vez", disse ele suavemente, "sabia que você era a única mulher para mim. A sensação foi como se um raio me atingisse, uma consciência instantânea. Ainda não havíamos trocado uma palavra, e eu já estava certo de que você me faria mais feliz do que eu jamais havia sido e jamais poderia vir a ser sem você."

Seus olhos ardiam enquanto sua visão se turvou de lágrimas. "Eu senti a mesma coisa."

"Sempre soube que você me amava."

"Sim..."

"Eu também sabia que não era sua alma gêmea."

Victoria ficou paralisada. Darius sorriu, mas suas belas feições estavam marcadas pela tristeza.

"O que você está dizendo?"

"Você era tudo de que eu precisava, Vicky, mas não pude ser o mesmo para você. Eu não tinha a mão suficientemente firme. Você estava contente comigo, mas não prosperando."

"Não", ela protestou, inclinando-se para enfrentá-lo diretamente. "Isso não é verdade."

"É." Ele segurou-lhe o rosto, seu polegar seguindo a linha do osso da face. "Foi por isso que eu lhe dei meu poder. Queria que você tivesse uma escolha. Queria dar-lhe a oportunidade de acertar na próxima vez."

"Já estava certo na primeira vez", ela insistiu. "Eu sempre vou gostar de você, sempre vou te amar."

"Eu sei." A tristeza foi embora dos seus olhos azuis, agora substituída pelo brilho malicioso por que ela havia se apaixonado. "O que tínhamos era perfeito... mas agora você tem algo ainda mais perfeito. Gostaria de ter sido isso para você. Ainda assim, sou grato por aquilo que tivemos. Sei que foi algo maravilhoso."

"Sim. Nós tivemos." Victoria contemplou o campo de flores ao seu redor. "O que acontece agora?"

"Agora, você decide." Ele apertou a mão dela. "Fique comigo ou viva o resto de suas oito vidas."

Ela alinhou os ombros dela com os dele. "Isso é um mito."

Darius sorriu. "É mesmo?", brincou de pé.

Victoria levantou-se e olhou para ele. "Você está feliz?"

"É claro." Sua covinha brilhou. "Estou sempre com você. Não há nada mais que eu poderia pedir."

"Você quer que eu fique?"

"Eu quero que você seja feliz", disse ele, em um sussurro ardente. "Seja comigo ou com Westin. Ele ama você. Quase tanto quanto eu. Ele está lutando para trazê-la de volta enquanto nós conversamos."

"Eu o amo." As lágrimas corriam livremente.

"Estou feliz, Vicky."

"Também te amo."

"Eu sei."

Sua cabeça dourada se curvou, trazendo sua boca para a dela. O avanço foi lento, ainda que comoventemente familiar. A pressão de seus lábios acalmou uma parte extensa e inquieta de seu coração. Ela não tinha tido a chance de dizer adeus, ele havia sido arrancado dela rápido demais. Essa falta de encerramento a tinha assombrado por séculos.

As mãos de Victoria agarraram a camisa de linho de Darius e ela o beijou desesperadamente. Não com a paixão que sentia por Max, mas com o amor sólido que eles um dia compartilharam. Foi uma despedida agridoce, mas que parecia absolutamente certa. Sua vida era com Max agora. Assim como o seu coração.

"Obrigada", ela sussurrou. "Eu não poderia tê-lo salvo sem você."

"Eu vou te ver no outro lado, meu amor", Darius respondeu suavemente. "Fique longe de problemas até lá."

Ela tentou abrir os olhos, mas afundou na escuridão em vez disso.

Victoria acordou com a sensação de neve caindo em seu rosto. O calor aquecia seu lado direito, e ela rolou para ele, gemendo enquanto uma agonia lancinante queimava seu peito.

"Gatinha?" Mesmo à distância, a maravilha dolorida na voz de Max era inconfundível.

"Oi." Ela apertou a bochecha contra sua camisa encharcada. "Sentiu minha falta?"

"Não me provoque, sua danadinha. Poderia te matar por me fazer passar por isso." Ele a puxou para perto, seu grande corpo tremendo com a intensidade de suas emoções. "Que susto de merda para dar em um homem. Especialmente no Natal."

"Sinto muito, querido." Sua mão se enrolou em torno do corpo dele.

Cuide bem dela, Westin.

A voz de Darius se moveu através dela como uma carícia tangível.

"Pode ter certeza", garantiu Max com voz rouca.

Virando a cabeça, Victoria descobriu Darius de pé a poucos metros de distância. Translúcido e brilhante, ele a olhava com os olhos quentes, amorosos.

Viva para si mesma agora, ele advertiu suavemente. *Você viveu séculos suficientes para mim.*

Ela assentiu com a cabeça.

Com um aceno, ele se foi.

E, com um estalar de dedos de Max, também se foram Victoria e Max.

Epílogo

Seis dias mais tarde...

"Se você fizer isso de novo", Max rosnou, erguendo-se sobre ela em sua cama coberta de veludo, "Vou bater na sua bunda vermelha."

"Isso deveria ser uma ameaça?"

Ela ronronou quando ele revirou os quadris e empurrou seu pênis magnífico para dentro dela.

"Gatinha, você não tem ideia." Ele se retirou e estocou profundamente, a grande cabeça em brasa de seu pau acariciando um ponto sensível do seu interior. "Pensei que estava perdendo a cabeça naquele beco. E isso teria acontecido realmente, se Darius não tivesse te trazido de volta para mim."

"Eu sempre virei para você, Max."

Segurando seu quadril com a mão, ele respondeu à sua provocação penetrando em sua boceta com golpes duros e ferozes. "Venha até mim agora", cuspiu.

Ela chegou ao clímax com um miado, ofegando enquanto o prazer quente explodiu através de seus sentidos com um brilho deslumbrante.

Um estrondo nervoso vibrou no peito dele. "Porra, esse som me excita absurdamente."

"Depois de quase uma semana de nada além de banhos, comida e sexo?", ela perguntou sem fôlego. "Você é insaciável."

"Só estou curtindo o meu presente de Natal, gatinha. Além do mais, você ama isso."

Max olhou para ela com os olhos cinzentos de tempestade e ela sabia que nunca o amara tanto. Ele a havia mantido à distância de apenas um toque na última semana; cozinhando suas refeições favoritas, alimentando-a na boca, lavando seus cabelos e o seu corpo. Para uma Familiar, era o céu, e ela deixou-se embriagar como o sol depois de um inverno longo e sombrio.

"Max..."

Ele estocou ritmicamente, mergulhando profunda e lentamente para dar-lhe tempo de se recuperar, fazendo-a sentir cada centímetro latejante dele.

Seu pescoço arqueado, suas unhas cravaram nas costas dele, e sua boceta vibrou com uma alegria impotente ao redor dele.

"Ah, sim", ele rugiu, um sorriso malicioso curvando um lado de sua boca linda. "Você definitivamente ama isso."

"Eu te amo." Ela ofereceu sua boca, e ele a tomou com uma paixão de tirar o fôlego.

"Eu também te amo."

Finalmente saciada, os lábios de Victoria se curvaram contra os dele em um sorriso felino.

A MULHER DA MAGIA NEGRA

Capítulo um

Max Westin estava no café do outro lado da rua do St. John Hotel e mal continha sua excitação pelos orgasmos que estaria saboreando nas horas seguintes.

A mulher que estaria atendendo às suas necessidades já estava lá dentro. Ele viu Victoria cumprimentar seus parceiros de negócios de manhã na calçada, o corpo flexível envolto em uma saia lápis preta e uma blusa de seda esmeralda que combinava perfeitamente com seus olhos levemente amendoados. Ela usava salto agulha cor de pele, fazendo as pernas já longas parecerem infinitas.

Mal podia esperar para sentir aquelas pernas ao redor de seus quadris, enrodilhando-o na tentativa de manter seu pênis estocando dentro dela.

O atendente gritou seu nome e ele foi até o balcão buscar o chá favorito de Victoria que havia pedido, generosamente coberto com creme de leite. Quando saiu para a rua, ele consultou o relógio, notando que aquela era a hora perfeita para usar o almoço como desculpa para monopolizar a atenção dela. Seu sangue borbulhava em suas veias, se aquecendo a cada passo que dava.

Estivera longe por dois dias em uma convocação do Conselho Superior e havia sentido as inconveniências da separação aguda. Seu pau estava grosso e pesado entre suas pernas, suas bolas cheias e tensas. A necessidade de penetrar na profundidade estreita da boceta de pelúcia doce como mel de Victoria o atingiu com força.

Max entrou no St. John através da porta giratória do lobby e acenou para os três funcionários da recepção. Se tivesse certeza de que a reunião da manhã de Victoria já havia terminado, poderia ter vencido a distância entre eles em um piscar de olhos, feitiço absolutamente simples para um bruxo de seu poder. Em vez disso, virou a esquina para entrar no elevador com código de passagem privada.

Quando o elevador começou a subir, Max freou violentamente seu desejo. Sua fome sem fim pela companheira havia sido aguçada pela magia negra que viera à tona em sua última caçada. Apesar de Victoria ser mais do que forte o suficiente para saciar seus desejos mais obscuros, ele queria cumprimentá-la com ternura. Queria mostrar-lhe que tinha sentido saudades nas profundezas de sua alma – porque havia começado uma caça sem ela e sabia que iria machucá-la, apesar da legitimidade de suas razões para fazê-lo.

No momento em que as portas do elevador se abriram no andar executivo, ele a viu. Seu peito se apertou com a violência de seu amor, a sensação feroz da conexão que só sentia com ela. Victoria estava em pé na área de recepção de seu escritório, com a mão no quadril fino e um sorriso largo no rosto deslumbrante. Conversava com os dois homens que Max tinha visto com ela na rua, e seus olhares ávidos traíam o quanto ela apreciava o sexo oposto. Os homens pareciam encantados com sua beleza e natureza maliciosa, como homens que eram, e ela brincava com eles como o gato que era.

Max fez um gesto para a secretária permanecer em silêncio para que ele pudesse apreciar o show, mas Victoria o sentiu, tomou consciência da carga de energia que surgiu entre eles e saboreou a serenidade interior que veio ao se reunir com a outra metade de si mesma. Olhou para ele, e ele quase podia vê-la chicotear a cauda.

"Ah, senhores", ronronou, "vocês vão ter que me desculpar agora. Minha companhia para o almoço chegou."

Os dois olharam para ele então, avaliando-o.

"Não precisa se apressar", Max disse a ela. "Posso esperar."

"Mas *eu* não posso." Aproximou-se dele e pegou o copo de sua mão. "Meu chá favorito. Obrigada. Por que você não se instala confortavelmente em meu escritório? Não vou demorar mais que um momentinho."

Ele se mexeu para atender seu pedido, a mão roçando carinhosa e possessivamente sobre a curva de seu quadril.

O escritório de Victoria tinha paredes de janelas em dois lados – um com vista para a movimentada cidade abaixo e outro de frente para a área de recepção. Era um espaço feminino que ainda assim transmitia poder e era de onde ela gerenciava um império de hotelaria. Sua mente rápida e inteligente a mantinha alguns passos à frente da concorrência, enquanto que sua sensibilidade felina assegurava conforto, luxo e serviços discretos para sua clientela.

Desabotoando o paletó de seu terno Armani, Max encolheu os ombros para tirá-lo e jogou-o sobre as costas de uma cadeira de frente para a mesa dela.

Antes de conhecê-la, ele admirava sua inteligência e ambição. No tempo em que estiveram juntos, seu respeito e apreço só tinham se aprofundado. Estar aqui, no seu covil, reforçava o orgulho pelas suas realizações. Ele sabia muito bem a sorte que tinha em ser o homem que a reivindicava como dele. Foi uma decisão que ele tomaria de novo se lhe fosse dada a escolha, mesmo sabendo o que iria lhe custar e tudo o que arriscaria para compartilhar sua vida com uma mulher tão magnífica.

Ela entrou no escritório em estado de agitação, os olhos brilhantes de amor e prazer ao vê-lo. Seu cabelo negro brilhante era cortado curto, para melhor mostrar seu pescoço delgado e as maçãs do rosto esculpidas. Essa pele sedosa permanecia inalterada em sua forma felina, juntamente com os olhos. Em qualquer encarnação – mulher ou Familiar – ela conseguia tirar seu fôlego.

O amor por ela alongou seu pau e incitou todo o instinto primal que possuía. Ela estava perto do nível de selvagens quando se conheceram. Sua missão tinha sido ou domá-la para um eventual emparelhamento com outro bruxo ou vencê-la. No final, ele não pôde fazer nada além de mantê-la para si mesmo. Ela se tornou tão necessária para ele como o ar que respirava. As sombras da selvageria nela combinavam perfeitamente com sua tendência de se aproximar das fronteiras da magia negra.

Chutando a porta para fechá-la atrás de si, Victoria atravessou a ampla sala com sua exuberante graciosidade felina. "Senti loucamente sua falta, Max."

"Não mais do que eu senti a sua." Ele envolveu seu pescoço com as mãos, imitando o colar que a prendia a ele. Com um pensamento, estabeleceu um feitiço na parede de janelas emoldurando a porta de seu escritório, protegendo seu abraço da vista da área de recepção e criando uma compulsão para não perturbá-los.

Ele estava em casa. *Ela* era sua casa.

Max tomou sua boca em um delicioso beijo quente, sua língua empurrando profunda e certeiramente, deslizando ao longo da dela. Sua pegada apertada, não o suficiente para cortar-lhe o ar, mas forte o bastante para aumentar a sensação de pressão que levaria sua mente para longe do trabalho e para o lugar onde apenas os dois existiam. Victoria gemeu e se derreteu nele, lançando de imediato o peso do comando e rendendo-se na sua necessidade insaciável por ele. Uma alegria selvagem o inundou.

Eu te amo. Sua declaração ardente deslizou através de sua mente como neblina perfumada, afugentando as sombras que o tinham invadido constantemente ao longo dos últimos dois dias. A magia negra era sedutora, e caçar dois praticantes consumados tinha despertado novamente seu desejo por ela. Não fosse o amor de Victoria, ele poderia estar vulnerável à sua atração. Ela o mantinha são e equilibrado, ancorando-o, enquanto seu poder continuava a crescer a cada dia.

Seus lábios se separaram dos dela e se transferiram para sua orelha. "Você ficou bem enquanto estive fora?"

Ela apertou sua cintura. "Claro. Mas foi duro."

Afastando-se, ele olhou para ela. Esfregou seu polegar sobre seu lábio inferior carnudo, imaginando como ela deveria estar carente após obedecer à sua ordem de não dar prazer a si mesma enquanto ele estivesse fora. "Não tão duro como o meu pau tem estado nos últimos dois dias. Eu ia esperar até depois do almoço, mas preciso ter a sua boca neste exato momento, gatinha."

Ela beliscou a ponta do seu polegar com os dentes, os olhos submissamente convidativos. Ele a puxou para trás, mantendo-a junto, até que chegou à frente de sua mesa e se sentou pela metade na beirada.

"Me toque", ordenou, colocando as mãos dela sobre ele.

Ela desabotoou seu colete com dedos ágeis, afastando as laterais para passar as mãos para baixo pela extensão da gravata. "O que o Conselho Superior queria?"

"O que eles sempre querem." Max respirou fundo, hesitando em arruinar seu bom humor. "Sirius Powell escapou."

Victoria ficou imóvel, colocando a mão sobre o coração dele. Então puxou uma cadeira e se sentou. "Como isso é possível?"

"Ele teve ajuda – Xander Barnes escapou junto."

Sua mão foi para a própria garganta, sentindo o colar que somente aqueles que praticavam magia podiam ver. *A coleira dele* – o símbolo de sua submissão e sua posse. Victoria compreendeu a gravidade da notícia. Tanto Powell quanto Barnes eram rogues perversos tão viciados em magia negra que matavam os que a praticavam para roubar seu poder.

Ela não perguntou por que Eles o haviam escolhido. Sabia que Max era a primeira escolha do Conselho para caçar os Outros – os que tinham atravessado irreversivelmente para o lado da magia negra e não poderiam ser salvos. Ainda assim, ele explicou, "Fui eu quem capturou os dois, para começar."

Sua mão caiu para o colo e se enrolou em um punho fechado. "Claro. Eles estavam separados então? Ou juntos?"

"Separados. Mas as minhas ordens são diferentes desta vez. Agora eu só preciso eliminá-los."

"Você disse 'eu' ao invés de 'nós'." Seu olhar endureceu. "Somos uma equipe, Max. Você não trabalha mais sozinho."

Ele segurou seu rosto entre as mãos. Como um Caçador de bandidos, ele não deveria ter uma Familiar. Ao mesmo tempo que Familiares aumentavam tremendamente o poder de um feiticeiro ou bruxo, eles também eram um terrível ponto fraco em uma batalha. Ele entendera, em primeira mão, o quão verdadeiro isso era porque quase havia perdido Victoria em sua luta contra o Triunvirato. A visão dela sangrando e machucada na neve naquela noite, sua vida se esvaindo, mesmo quando ele agarrou seu corpo perto de si, tinha-no levado à beira da loucura. Mas jamais iria desistir dela, não podia. Ele havia abandonado tudo pelo qual já havia trabalhado, perdendo um lugar cobiçado no Conselho Superior e, assim, incitando a ira de seus membros, porque sua vida sem ela não valia a pena.

"Há uma razão para Caçadores não terem Familiares", Max lembrou suavemente. "Além disso, este é um negócio inacabado desde antes de te conhecer."

"Assim como era a minha luta contra o Triunvirato", ela disparou de volta, "Mas deixei você lutar comigo. Não se atreva a agir como se eu fosse uma deficiência."

Seus dedos seguiram a curva de suas sobrancelhas. "Você é o meu coração."

"Max." Sua voz se suavizou. Mas, quando ela procurou seu rosto, seu olhar se estreitou e assumiu a aparência calculista de um felino inteligente.

Para distraí-la e lembrá-la do comando que ainda devia obedecer, ele acenou com a mão e ficou nu em pé diante dela, as roupas cuidadosamente dobradas no sofá atrás. Sentada ao nível dos olhos com sua virilha, Victoria lambeu os lábios. Lutou contra sua necessidade de obedecer por um momento, em seguida, cedeu e estendeu a mão para ele, suas mãos esguias circulando seu comprimento dolorido.

As mãos de Max deslizaram para sua garganta, inclinando o queixo para cima, de modo que seus olhares se encontraram. "Você vai chupar o meu pau, porque isso me agrada, não porque você vê isso como uma forma de me controlar."

"Por que não pode ser pelas duas razões?", ela desafiou.

"Ah, Victoria", ele sussurrou, seu sangue se aquecendo em um ritmo perigoso. Com o pensamento fixo, uma corda de seda apareceu e se enrolou sinuosamente em torno de seus pulsos, ligando-os atrás das suas costas. "Vamos ocupar essa sua linda boca com alguma outra coisa antes que eu comece a espancar você."

"Max..." Ela tremia de excitação, seus mamilos duros sob a blusa. Por mais que gostasse de controle, ela gostava de renunciar a ele também – para ele. Somente ele.

"De joelhos", ele murmurou, acariciando-se da base à cabeça.

Ela deslizou da cadeira e se abaixou graciosamente para o chão, o equilíbrio evidenciado pelo seu lado felino.

Ele agarrou seu pênis, acariciando um fluxo de pré-ejaculação para a ponta. "Chupa isso, gatinha. Com aquela sua pequena língua quente e áspera."

Inclinando a cabeça para trás, ela abriu a boca, gemendo quando ele segurou a parte de trás de sua cabeça em uma mão e deslizou seu pênis para dentro dela com a outra.

"Profunda e lentamente", ele instruiu.

Max a observava submeter-se, gemendo com a sensação de tê-la. Sua boca fluía sobre ele em torno da coroa sensível com uma lavagem de calor úmido. Sua cabeça inclinada para a frente, seu olhar tornou-se pesado com o desejo entorpecente. Ele tocou o cabelo dela, deslizando os dedos pela curta camada de fios de seda, tentando transmitir sem palavras o quanto ele a queria.

Em seguida, ela chupou, puxando-o mais profundo, e seu corpo ficou tenso quando o prazer ameaçou destruir as rédeas de seu controle.

Ele gemeu, seu pau tão duro que doía. "Você me chupa tão bem. Não há nada no mundo como essa sua pequena boca gulosa."

Sua língua perversa tremulava pelo lado de baixo da cabeça do seu pênis e o suor irrompeu em seu peito. Ela o olhou com aqueles olhos verdes amendoados, seu amor ardendo fervorosamente, sua consciência do poder feminino brilhando nas profundezas de esmeralda. A ponta da língua sondou o buraco na cabeça de seu pênis, lambendo o pré-gozo que corria em fluxo constante.

"Meu Deus, você é linda..." Ele estremeceu quando ela acariciou suas bolas com o rosto. Elas já estavam altas e apertadas, pesadas com o sêmen ansioso para jorrar em sua garganta arfante. Ela desferiu uma chupada profunda e extrativa na crista macia, ordenhando-o. Engoliu-o avidamente, ronronando, provocando outra jorrada de esperma cremoso.

Ela celebrou sua satisfação pelo gosto dele, sugando mais rápido, lambendo a crista espessa.

As mãos de Max se fecharam em punhos, uma ao seu lado, a outra no cabelo dela. Seu abdômen contraiu-se, seu corpo lutando contra a necessidade de gozar muito rapidamente. Sua boca era tão aveludada e quente, seu desejo tão voraz. Os sons eróticos enchendo a sala estimulavam sua luxúria, empurrando-o para mais perto do limite da razão.

"Você está me matando", disse ele com a voz rouca, o peito apertado com amor por ela. "Não tão rápido. Faça durar."

Ela gemeu em torno de seu pênis como se o adorasse, libertando-o para beijar a ponta antes de traçar com a língua as veias grossas ao longo do comprimento. O prazer brutal golpeou o pouco controle que ele ainda mantinha depois de passar aqueles dias longe ela. A magia negra se contorcia dentro dele, lutando contra as emoções que Victoria inspirava. Não havia espaço para o amor na magia negra. E não havia espaço para a magia negra no vínculo de Max com sua amada.

"Max", ela respirou. "Não se reprima."

Dobrando seu pênis, ele desenhou com a ponta os lábios dela. "Vou gozar para você", prometeu duramente. "Quando chegar a hora."

Ela fez beicinho, e ele sorriu tristemente, sabendo que ela pensava que aquilo fosse uma brincadeira. A verdade não era tão bonita, mas motivada de forma semelhante por sua preocupação com ela. Quando ele gozasse, sua magia fluiria para dentro dela, se tornaria ampliada por seus dons Familiares, e voltaria para ele. Ela sentiria sua agitação assim, e entenderia de onde vinha.

Ela o tomou profundamente, suas faces se esvaziando.

"*Victoria.*"

Sua língua vibrou contra a sensível parte inferior, provocando-o, tentando-o com a promessa de um clímax explosivo.

Segurando seu rosto para mantê-la imóvel, Max balançou os quadris, fodendo sua pequena boca gulosa no ritmo *dele*. Deslizando para dentro e para fora, ele permitiu que o prazer se construísse até que sentiu os primeiros arrepios do orgasmo. Então, reduziu a velocidade, saboreando a corrida.

"Deus", ele rosnou, suas pernas enfraquecidas pela necessidade feroz de relaxar depois de dias sem ela.

Victoria gemeu e chupou freneticamente, a língua em turbilhão. Sua necessidade de agradá-lo a movia, pedia-lhe para dar-lhe o que ele queria. Ele a soltou e agarrou a mesa, com as mãos se enrolando em torno da borda.

Ela balançou a cabeça e levou-o para o fundo da sua garganta, uma e outra vez, as pálpebras tremulando enquanto ela se concentrava em terminar com ele. Seus lábios macios deslizavam para cima e para baixo em seu comprimento, acariciando-o, provocando o gozo em sua boca frenética. Com olhos sonolentos, ela olhou para ele, os mamilos endurecidos implorando por seu toque.

Ele segurou seus seios com as mãos, apertando-os, os polegares circulando sobre as pontas firmes. Ela estremeceu e gemeu, a vibração reverberando através de seu corpo firmemente amarrado. Seus feromônios permeavam o ar, o cheiro tão carnal e tentador que ele não podia resistir.

Com um suspiro, ele se liberou, gozando. O primeiro pulso violento sacudiu por ele, calores derretidos correndo por sua espinha antes de estourar pela ponta do pênis. Ele rosnou enquanto jorrou calorosamente, bombeando sêmen através de sua língua cintilante. A garganta dela o abraçou, fechando-se em um gole enquanto o bebia. Borrões nadaram diante de seus olhos, seus pulmões apreendendo enquanto o orgasmo os quebrava. Seu poder explodiu de sua estrutura tensa em uma onda de calor.

As luzes piscaram freneticamente. Com um grito de dor, Victoria absorveu a magia para dentro dela, em seguida, a lançou em uma onda de energia que tirou a corda em seus pulsos e explodiu a lâmpada na sua luminária de mesa. A escuridão assobiou pelo quarto, enrolando e escorregando, então batendo em Max e balançando-o de volta para a mesa.

Victoria tropeçou para cima e para ele, pegando-o e segurando-o. Max escondeu o rosto úmido na curva de seu pescoço e a esmagou contra ele, estremecendo enquanto o poder pulsou através dele como uma dor de cabeça latejando violentamente.

Os dedos dela se cravaram em suas costas. "Max... O que você fez?"

Capítulo dois

Xander Barnes levantou a taça de vinho aos lábios e olhou através das janelas do restaurante para o pátio do bistrô do outro lado da rua. Lá, Max Westin estava alimentando sua bela Familiar com tentadores pedaços. "Vamos ter que acabar com ela", pensou em voz alta. "Ela o está deixando muito forte. Nunca vamos conseguir atingi-lo, enquanto ele a tiver."

"Hmm." Sirius Powell cortou sua carne. "Antes de eu vê-los juntos, eu teria concordado. Mas mudei de ideia. Veja a maneira como ele olha para ela... Ele a ama. Seria um desperdício eliminar essa fraqueza com um único golpe."

Xander cruzou os braços. Uma brisa suave da tarde despenteou seu cabelo cor de cobre como os dedos de uma amante. "Vamos ter de usá-la contra ele, então."

"Sim. Acho que sim."

"Ela tem o poder de Darius Whitacre."

Sirius sorriu e pousou seus talheres. A Familiar era única, graças ao seu bruxo anterior que havia lhe legado seu poder. Essa magia a deixava forte, o que fazia Max Westin mais forte, mas também criava uma nova vulnerabilidade. "O poder de Whitacre a faz suscetível à magia negra. Precisamos apenas dar-lhe o incentivo para usá-la."

"Westin já conhece o suficiente da magia para cair em qualquer tentação. Mas se ela ainda não experimentou isso, vai ter a oportunidade em breve."

"O que a vai fazer ter desejo de mais", concluiu Sirius . "A magia de Darius não é sua única fraqueza. Westin também é. Considerando como os Familiares são possessivos, ela não vai ficar feliz em saber de quantas bruxas Westin já desfrutou."

Xander riu suavemente. "Pretende deixar uma Familiar com ciúmes? Você é mau."

Sirius brincou com a longa trança loira pendurada no ombro. "E nós vamos assistir a um grande show. Quem devemos chamar para fazer as coisas acontecerem?"

"Jezebel Patridge", disse Xander, sem hesitação. "Ela e Westin foram bem próximos por um tempo. Quando ele estava me caçando, considerei usá-la como alavanca, mas não deu certo."

"Como é que você imagina fazê-la participar?"

Sorrindo, Xander se recostou na cadeira e bebeu um gole de vinho. "Com um bilhete do próprio Westin. Bastante fácil de falsificar."

Sirius ergueu o próprio copo num brinde. "Isso vai ser divertido."

Alguma coisa estava errada. Victoria se inclinou para a entrada da cozinha e observou Max preparando o jantar. Desde a primeira noite em que havia entrado em sua vida com a ordem do Conselho Superior de domá-la ou matá-la, ele estava cuidando dela. Nunca havia sido tão bem cuidada e mimada em toda a sua longa vida. Em troca, Max não esperava nada além do seu amor, confiança e submissão, tudo o que ela dava a ele, apesar de sua disposição em ser a fêmea alfa.

Seu olhar adulador absorveu cada um dos seus saborosos centímetro, a partir do topo da cabeça até a ponta dos dedos dos pés. Seu cabelo preto, escuro e espesso emoldurando um rosto tão incontestavelmente masculino que a fazia estremecer só de olhar. Seus olhos eram de um cinza de uma tempestade de verão, e seus lábios eram simplesmente divinos de tão firmes e bem esculpidos.

Seus braços e poderosas costas flexionados enquanto ele trabalhava no fogão, seu corpo sem adornos, exceto por um par de calças de pijama soltas de seda. Seus pés descalços eram uma tentação perversa para a sua sensibilidade felina, atraindo-a a mudar de forma e se enrolar em torno de seus tornozelos. Sua pele era da cor do caramelo mais rico, a textura, firme e macia como cetim. Sua bunda tensa lhe dava água na boca, e quando ele se virou para a pia, ela olhou para o balanço inconfundível de seu pênis pesado, sua boceta se apertando avidamente para a sensação dele estocando para dentro dela.

Os dois dias que ela passou sem ele tinham sido absolutamente torturantes, mas as horas desde o almoço tinham sido piores. Uma parede fora erguida entre eles desde que tinham deixado seu escritório. Era doloroso saber que ele estava em casa, mas ainda distante física e emocionalmente. Ele a isolou de uma maneira como nunca havia feito antes. Embora ainda fosse carinhoso e atento, não havia dúvida de que ele a estava protegendo da verdade sobre onde estivera nos últimos dois dias e o que havia feito. Durante o almoço ele falou sobre tudo, exceto sobre o que decidiu fazer em relação à convocação do Conselho.

Max sempre tinha sido um usuário da magia cinza. Mas o que ela sentiu hoje havia sido muito mais perigoso. E muito mais sedutor.

Mesmo agora, ela podia sentir a escuridão que envolvia a alma dele e o controle de ferro que ele estava exercendo para a conter. A caça aos feiticeiros com poderes como Sirius Powell e Xander Barnes iria levá-lo até ao limite. A atribuição iria testar sua força de inúmeras formas e cabia a ela apoiá-lo. Mas não poderia fazer isso se ele não a deixasse entrar.

Desamarrando seu robe de seda preto, Victoria foi até ele e pressionou seu torso à mostra contra as suas costas, os braços se envolvendo ao redor do seu peito. As palmas das mãos deslizavam sobre seu tanquinho o firme peitoral, apertando a carne quente e dura com mãos sedentas.

"Eu te amo, Max", ela murmurou com os lábios contra o seu ombro.

"Eu sei, gatinha."

Ela esticou o braço mais para baixo, segurando-o através da seda de suas calças, então soltou o cordão para pegar seu pau em um punho, pele na pele. "Preciso de você."

Ele inchou em sua mão, provocando um ronronar de prazer nela. Seus mamilos endureceram, sua boceta ficando molhada em prontidão. Ela o acariciou da base à ponta, tornando-o mais e mais duro, intoxicando-o para o prazer dela.

Abruptamente, ele desligou o fogão e girou com fluidez. Assumiu o controle com uma facilidade de tirar o fôlego, prendendo suas mãos nas costas dela com uma das suas. A excitação coloriu a pele dela.

Max pairava sobre ela, seus olhos tempestuosos e quentes. Sua mão livre corria pelo centro de seu corpo, do pescoço ao sexo, possessivamente segurando a carne pulsante entre as pernas dela. "O que você quer, Victoria?"

"Você." Ela abriu as pernas, convidando seu toque. "Sempre quis você, desde o dia em que você entrou na minha vida."

Abrindo-a, ele gentilmente esfregou seu clitóris. "Você me tem desde o início."

Seu corpo inteiro amoleceu, o coração batendo por ser domada e satisfeita. "Não te sinto meu agora."

Ele circulou a entrada apertada do seu corpo com os dedos hábeis. "Você me possui."

Ela engasgou quando ele abaixou a cabeça para lamber um mamilo pontudo, sua língua um chicote de veludo. "Por que você não fala comigo sobre o que aconteceu nos últimos dois dias?"

Seus cabelos sedosos roçaram nas curvas de seus seios. Seus lábios cercaram o ponto dolorido, as bochechas se esvaziando enquanto ele a chupava. Dois dedos empurrando para dentro dela. "Senti sua falta", ele murmurou contra sua pele úmida. "Eu te foderia sem parar, se pudesse, ficaria dentro de você para sempre. Quando não estou dentro de você, estou pensando sobre isso. Desejando isso. Eu não me sinto inteiro quando não sou uma parte de você."

"Seja uma parte de mim agora", ela sussurrou, os quadris circulando em seus dedos que estocavam suavemente. O fogo percorreu sua pele, provocando uma névoa de suor. Seu útero se contraiu com a intensidade de sua fome de estar conectada nele.

"Estou cozinhando agora." Sua voz áspera era suave e firme, os dedos parando... deixando-a senti-lo ali, deixando-a almejar o atrito e agitação inebriantes do orgasmo. "Eu digo quando for a hora de brincar."

"Por favor, Max."

"Shhh. Vou cuidar de você." Ele dobrou os dedos e acariciou o ponto sensível dentro dela, mais e mais. Ela chegou ao clímax com um grito suave, tremendo em seus braços.

Ele lhe deu o que ela queria sem dar nada de si mesmo.

Seus lábios entreabertos roçaram os dela, sua respiração ofegante com rajadas acima de sua mandíbula. "Melhor?"

Victoria gemeu quando seus dedos a deixaram. "Não." Sem o seu prazer, ela estava vazia. Insatisfeita. "Você está me afastando, Max."

Seu olhar deslizou sobre o rosto dela, tão cheio de amor e tão bem guardado. "Você tem de confiar em mim."

Seu peito se apertou dolorosamente. "Isso não é justo."

"Aceite isso, Victoria", disse ele com uma autoridade tranquila.

"Nós sempre trabalhamos juntos", argumentou.

"E nós vamos de novo, quando a situação exigir." Ele pegou o queixo dela em uma das mãos. "Mesmo com o poder de Darius, há limites para o que você pode fazer. E aumentar minha magia quando estamos caçando dois malandros como Sirius e Xander pode ser muito perigoso."

"Então me deixe apoiar você em casa! Fale comigo. Não me deixe no escuro."

A mão de Max deslizou por debaixo de sua túnica para segurar sua nádega nua e arrastá-la com força contra ele. "Deixe-me cuidar de você. Isso é tudo de que eu preciso."

Ele abaixou a cabeça e tomou sua boca, beijando-a com a paixão possessiva que a tinha seduzido desde o início. Seus lábios firmes selados sobre os dela, sua língua deslizando profundamente para golpear contra a dela. Um grunhido retumbou em seu peito e vibrou contra seus seios; o pouquinho de cabelo no peito dele era um estímulo insuportável. Ele estava duro e grosso, sua ereção pressionando contra seu baixo ventre.

Ele comeu sua boca, possuindo-a, saboreando-a com longas e profundas lambidas. Seus dedos deslizaram pelas mechas curtas de seu cabelo, segurando seu couro cabeludo e agarrando-a firme enquanto bebia do seu gosto. Sua língua a comia prazerosamente, provocando-a com a promessa do que ela realmente queria.

Victoria gemeu, perdida nele. Seus lábios estavam inchados e quentes, as pálpebras pesadas com os efeitos entorpecentes da sedução hábil de Max. Suas palavras fervorosas ecoaram em sua mente, suas declarações de obsessão descontrolada contrastavam com seu controle absoluto quando a manuseava.

Quando ela estava ofegante e flexível, ele se afastou. Passando a língua ao longo da curva inchada pelos beijos de sua boca, ele murmurou, "Jantar primeiro".

Victoria assentiu, mas sua mente disparou. Ela já havia perdido um homem que amava uma vez. Jamais iria ficar sentada calmamente enquanto isso acontecia de novo.

Capítulo três

Max espetou outro pedaço de vieira, mergulhou-o em um saboroso molho de creme, em seguida, o levou aos exuberantes lábios de Victoria. Ela ronronou enquanto mastigava, as unhas alisando a extensão de sua coxa enquanto engolia. Orgulho e prazer o inundaram, juntamente com o calor de dois dedos de um bom uísque.

Ela balançou a cabeça quando ele espetou outra porção. "Não quero mais. Não posso comer mais nada."

Repousando o garfo no prato, ele se inclinou e lambeu um pouco de creme no canto de sua boca. Nunca pensou que um dia teria uma Familiar. Jamais acreditou que iria assumir essa responsabilidade. Mas cuidar de Victoria – alimentá-la, banhá-la, amá-la – era a razão pela qual ele respirava.

"Você trouxe um filme", ele lembrou. "Quer assisti-lo?"

"Você quer?" Sua voz era suave e rouca, o rosto corado de vitalidade.

Quando eles se conheceram ela estava muito magra, sofrendo com a falta de um mestre para cuidar dela. Havia perdido seu feiticeiro anterior, Darius, dois séculos antes, e a negligência tinha cobrado o preço tanto em sua aparência como em seu temperamento. Ela estava quase selvagem, provocando o Conselho Superior com atos de maldade e burlando os inúmeros Caçadores enviados para domá-la.

Amando esse espírito nela, Max tinha sido cuidadoso em seu carinho desde que ela tinha se tornado sua, mantendo a mão firme sob a qual os Familiares prosperavam, mas dando-lhe espaço suficiente para continuar a desafiá-lo. Era um equilíbrio delicado, que os mantinha contentes. Ele a amava com cada fôlego de vida em seu corpo, desejando-a com uma profunda e insaciável necessidade.

"Vamos assisti-lo", disse ele, querendo abraçá-la e já pensando nos próximos e deliciosos passos. Mais do que um orgasmo, algumas horas atrás ele havia dimensionado o tamanho do perigo que representava sua caça a Sirius e Xander. A magia que havia derramado em Victoria tinha sido contaminada, e ela a tinha purificado para ele, restaurando sua equanimidade, mas a que custo para ela?

Victoria levou o vinho e as taças para a sala, enquanto ele limpava a mesa. Quando ele se juntou a ela no vasto espaço da sala de estar do seu apartamento, encontrou velas tremeluzentes em cada superfície e sua mulher enrolada no sofá com o controle remoto na mão. Demorou-se um instante estudando seu corpo, dourado à luz de velas, e em seguida, acendeu a lareira com um estalar de dedos. Afundando no sofá, deliciou-se quando ela se aconchegou contra ele e começou o filme. Sua seleção de *Os Mercenários 2* o fez sorrir. Isso era tão... dela. Reclinado nas almofadas, acariciou os cabelos dela e pensou na forma mais eficiente de atrair suas presas para perto.

O filme estava já na metade quando decidiu que Victoria merecia uma recompensa. Max sabia que a submissão não era fácil para ela, em parte por causa de sua natureza e em parte por causa de Darius, que a havia presenteado com sua magia quando estava prestes a morrer na batalha contra o Triunvirato. Ela era a mais poderosa Familiar de que o Conselho já tinha ouvido falar, e sua união com ele, o Caçador mais bem-sucedido, a deixava ainda mais poderosa. Ceder o controle era difícil para ela, e vê-la fazer isso a tornava extremamente preciosa para ele.

Grato por seu amor e confiança, ele acariciou a curva graciosa de sua coluna, e em seguida, deslizou por baixo da bainha de seu roupão para brincar com ela.

Ela virou a cabeça para aconchegar-se, seu hálito quente contra sua garganta quando ela sussurrou, "Oh, Max... Adoro quando você me toca."

De frente para a televisão, ele a puxou para o colo, afastou as pernas dela para cada lado das suas para a preparar para o seu toque sem pudores. A cabeça pendeu sobre o seu ombro, sua respiração se acelerando enquanto ele a abria e massageava seu clitóris. Virando a cabeça, ele rodeou a concha de sua orelha com a língua, seu pau duro e dolorido contra a curva de seu traseiro.

"Amo tocar você", disse ele em voz baixa, deslizando um dedo para dentro da boceta de pelúcia sedosa.

Ela abaixou o volume do som *surround* com seu poder, sua mão cobrindo a dele, enquanto esta deslizava entre as metades de seu roupão para tocar seu seio. "Você precisa de mim, Max. Não apenas na sua vida e na sua cama, mas em seu trabalho. Especialmente em uma caçada assim."

Ele retirou o dedo molhado e voltou com dois, estocando-os suavemente em sua fenda trêmula. "Eles vão armar uma para você, a fim de me atingir."

"É claro que vão." Ela respirou instável enquanto ele deliberadamente a levou a um pico de febre, as pontas dos seus dedos massageando os tecidos sensíveis dentro dela. "Mas nós somos mais fortes juntos que separados."

Lambendo seu ouvido, ele pressionou a palma da mão em seu clitóris. Ela gemeu e chegou ao clímax, ondulando em torno dele. A sensação dela se contorcendo em seu colo era deliciosa. Ele se perguntou como havia sobrevivido antes de a encontrar. Quando contemplava seu passado, parecia que não era mais do que sombras, memórias que careciam de clareza e definição. Um passado que ficava a mundos de distância da vibração de sua existência atual.

O resto do filme passou em um borrão, sua atenção se concentrava exclusivamente sobre o tesouro em seus braços. Max deslizou seus dedos para dentro e para fora dela de forma deliberadamente vagarosa, transando com ela suavemente, fazendo-a gozar repetidamente até que ela implorou pelo seu pau.

Quando os créditos começaram a rolar, ele segurou seu queixo e virou sua cabeça. Tomou sua boca com toda a fome que ia aumentando dentro dele; a necessidade por ela que nunca era plenamente satisfeita. Ela choramingou quando o beijo cresceu em luxúria e ganância, sua língua empurrando profunda e rapidamente, lambendo o gosto inebriante dela.

Victoria girou em seus braços, ficando de frente e em cima dele, as mãos passando por seu cabelo. A respiração dele sussurrava de seus pulmões; seu pênis estava molhado com antecipação.

"Hora de brincar, gatinha", disse ele com a voz rouca.

Victoria afastou-se um pouco para encontrar o olhar de pálpebras pesadas de Max. "Eu preciso de mais que isso. Preciso que você precise de mim, Max. Para tudo. Especialmente no seu trabalho."

Sombras passaram por seus olhos. O ar em torno deles ficou carregado, tornou-se pesado e eletrificado. O poder pulsava para fora dele em ondas, batendo contra seus sentidos como ondas em uma praia.

Seus lábios se apertaram em uma linha sombria. "Não estou gostando do modo como você está trazendo este tema para a hora da diversão. Você não pode me dominar pelo meu pau, Victoria. Mas pode muito bem me irritar por tentar."

Ela sentiu a faixa de seu roupão deslizar em torno de seus pulsos, prendendo-os atrás dela. Sua respiração se acelerou até que o peito subia e descia rapidamente. Sua boceta ficou molhada com a vontade, seu corpo se preparando para a deliciosa invasão dele. Quando suas mãos agarraram seus quadris, ela estremeceu, seu desejo era aguçado pela tênue fronteira com o medo. Ela sabia que ele morreria antes de a chegar a machucar, mas a sua alma era escura, sua fome sexual feroz e insaciável, sua necessidade de a dominar revelava-se uma parte intrínseca de sua história de amor.

No tempo em que estiveram juntos, ele tinha possuído seu corpo de formas que ela nunca poderia ter imaginado, empurrando-a para além dos seus limites. Ele era um amante hábil, dono dos desejos dela e dos seus próprios, inabalável em seu controle.

Com vigor e sem esforço, ele a levantou e a posicionou, segurando-a no alto, acima da larga cabeça de seu pênis, posicionando-o na abertura apertada de seu sexo e, em seguida, empurrando os poucos centímetros necessários para os joelhos dela se afundarem nas almofadas do sofá. Victoria engasgou-se com a provocativa plenitude, a pressão atrevida estimulando a antecipação de sentir seu comprimento grosso deslizando profundamente.

"Não se mova", ele alertou sombriamente, proibindo-a de se afundar em seu colo. "Você só vai receber o meu pau quando eu o der para você."

Passando a mão carinhosamente por suas costas, Max segurou sua nuca e pediu que ela se inclinasse para a frente para que ele pudesse alcançar sua boca. Os olhos se fecharam quando seus lábios se tocaram e o ângulo de sua penetração pressionou duramente o seu ponto G. Ela se contraiu ao redor da cabeça sedosa, faminta por o sentir a meter o seu pau mais profundamente, alongando-o.

"Max", gemeu, desesperada pela fricção.

"Molhe meu pau, gatinha. Mostre pra mim o quanto você o quer."

Victoria se apertou, ondulando avidamente, seu sexo dolorido tentando atraí-lo para dentro dela. Com um movimento áspero nos quadris, Max a obrigou, puxando-a para sua ereção furiosa com uma força que levou a um grito.

"Max!"

Ele gemeu. Seu lindo rosto estava corado e tenso, linhas esculpidas pelo êxtase de sua união. Ele apertou os quadris para cima e para frente, fodendo profundamente. "Foda quente, apertadinha."

Com os punhos amarrados na parte inferior das costas em posição inclinada, ela nada podia fazer. Só podia pesar sobre Max e deixá-lo usá-la como ele precisava, deixá-lo segurá-la naquele lugar enquanto estocava para dentro.

O ato de se dar de forma tão completa a ele, de entregar o seu corpo sem reservas, era profundamente excitante. Ela ficou mais úmida no mesmo momento, a boceta tremendo ao longo de sua extensão, mergulhando em um delírio impotente. Sons eróticos preencheram a sala – os rosnados de Max e seus ronronados profundos, o estalar de carne encontrando carne e a sucção suave de seu sexo cremoso enquanto ele a flechava.

"Me foda", ele ordenou, com as mãos ajeitando o ângulo que procurava de modo que ela ficou em pé. Pegando os mamilos entre o polegar e o indicador, ele os enrolou e puxou enquanto ela cavalgava seu pênis. Os puxões perversos na sua carne sensível ecoavam entre as pernas dela. Ele a beliscou com força suficiente para fazê-la gritar, então segurou os seios em suas mãos, amassando-os para aliviar a dor. Durante todo o tempo os quadris dela batiam contra os dele, seu pau indo até o fundo em cada estocada.

Sua respiração soprou em sua pele quando ele sussurrou sombriamente, "Você é tão gostosa. Tão molhada e apertada. Sua boceta está me espremendo como um punho. Estou a segundos de distância de gozar para valer em você".

"Sim", ela suspirou, seu sexo em espasmos de expectativa, sugando-o com avidez.

Seus braços atados como aço ao redor dela. Com um rugido feroz, ele gozou, jorrando com tal violência que ela sentiu. Sua magia a atingiu como uma marreta, invadindo-a em um dilúvio, a pecha de magia negra arrancando um grito de sua garganta.

Seu poder Familiar reforçava a mágica de Max e mandava-a de volta a ele. Ele a agarrou assim que essa mágica o acertou, a respiração sibilante enquanto seu clímax era estimulado pela agitação do poder, seu pênis inchando, e ele a bombeou cheia de sêmen cremoso quente.

Victoria estremeceu com a necessidade de gozar, sua boceta preparada e tão pronta. Mas ele ainda não tinha dito que ela podia e seu corpo flutuava em antecipação pelo comando.

Max virou-se e a ergueu para o sofá, pairando sobre ela com seu corpo grande e poderoso. Seus quadris deram o bote, mergulhando seu pau grosso profundamente dentro dela. Ele a comeu com fúria, mal conseguindo se controlar, sua demanda pelo clímax dela implícita na maneira com que ele a tomou. Agarrando o braço do sofá, ele se potencializou dentro dela, levando-a ao orgasmo com estocadas fluidas e longas.

"Goze", ele rosnou. "Goze agora."

As costas de Victoria se curvaram enquanto o prazer espetava através dela, seu sexo se apertando, então convulsionando em torno dele. Ela gritou, tremendo, torturada com amor, e saudade e uma onda desesperada de magia. O Poder explodiu dela, apagando as velas, em seguida, reacendendo-as com lambidas brilhantes da chama. Max se arqueou para cima, a cabeça jogada para trás com um rosnado viril. Ele se tornou o olho da tempestade, seu corpo o nexo da tempestade mágica.

Ela se agarrou a ele em meio à fúria dos elementos, a âncora de que ele precisava ainda que se recusasse a admitir.

Capítulo quatro

Nas primeiras horas da manhã, Max saiu da cama, com cuidado para não acordar Victoria, que dormia profundamente. Ela não percebia isso ainda, mas ele estava drenando-a, sua magia avidamente tocando a dela. Essa era a forma parasitária da magia negra. Era voraz e destruidora de almas, transformando bruxos e bruxas em viciados que não ligavam para nada além de fazer seu próximo feitiço.

Ele puxou as calças e amarrou o cordão enquanto saiu para a sala. Durante a hora seguinte, aumentou a proteção em torno do apartamento, cerrando a segurança para proteger seu bem mais valioso. Ele quase havia perdido Victoria na batalha contra o Triunvirato e quase perdera a cabeça no processo. Havia cruzado uma linha aquela noite, usando magia branca e negra para atraí-la de volta do Reino Transcendual. Ele mudou então, foi manchado por essa violação de uma lei sagrada. O Conselho optou por não o repudiar, porque ele era muito valioso para Eles pois se tratava de um bruxo que sempre fazia o que era preciso para cumprir o estabelecido.

Uma vez garantida a sua casa, foi para o quarto. A mulher que dormia em sua cama estava esticada como um gato, seus braços acima de sua cabeça e as pernas estendidas. Ronronadas macias percorriam o ar, enchendo-o com um contentamento que ele nunca tinha conhecido antes dela. O lençol de cetim roxo intenso estava estendido sobre sua pele pálida, cobrindo a barriga esticada, deixando um seio e uma perna expostos.

Ele não deveria ter voltado para casa depois de iniciar a caçada. Deveria ter se mantido afastado até que tudo estivesse acabado.

"Max."

Com um sorriso cuidadoso, ele se inclinou e deu um beijo na boca sonolenta e suave de Victoria. "Bom dia."

"Por que você está fora da cama?"

Ele esfregou o nariz contra o dela, então se endireitou. "Planejando o que vou preparar para o seu café da manhã."

"Hmm..." Ela mostrou seu sorriso felino, uma provocação à qual seu corpo respondeu instantaneamente.

"Prefere tomar banho antes ou depois?" Ele gostava de Victoria de qualquer maneira, mas tê-la nua e molhada era uma das suas favoritas.

"Quero ficar na cama com você o dia todo."

Max respirou fundo, querendo a mesma coisa, mas sabendo que não podia se dar ao luxo de perder um dia inteiro. Enquanto Powell e Barnes estivessem lá fora, Victoria estava em risco. "Em breve, gatinha."

O olhar dela se estreitou. "Você está começando a caçada?"

"Não há nenhum tempo como o presente." Ele foi para a cozinha, na esperança de evitar uma briga.

Foi um exercício inútil, percebeu, quando uma gata preta lustrosa correu por ele e imediatamente se sentou no limiar para a cozinha. Victoria não poderia acompanhar seu longo passo na forma humana, mas, como um felino, ela o derrotava.

"Querida", ele disse com firmeza, movendo-se para tentar passar por cima dela e sendo impedido.

Ela mudou de forma, aparecendo diante dele em toda sua glória nua.

Ele prendeu a respiração, como sempre acontecia quando a via assim. Jamais havia sentido algo semelhante por qualquer outra mulher.

Com um aceno impaciente, ele a cobriu com um roupão de seda vermelha, amando o modo como a cor contrastava com sua pele cremosa e seu cabelo escuro. "Não vamos falar sobre isso outra vez."

"Pelo menos me diga onde você está indo e quanto tempo vai ficar fora."

Suas sobrancelhas se levantaram. "Isso soou como uma ordem."

"Talvez tenha sido. Você veio atrás de mim, Max, quando eu tentei sair de sua vida. Você me reivindicou. Se você não queria ter o trabalho, deveria ter deixado o Conselho me emparelhar com Gabriel, como Eles queriam."

Victoria! A magia saltou para fora dele junto com um ciúme ácido. Não podia pensar nela com outra pessoa, isso o deixava furioso. "Você está me pressionando, gatinha."

"Você está me empurrando para longe!", ela argumentou.

Reconhecendo o medo em seus olhos, Max a puxou para perto e pousou os lábios em sua testa. "Eles estão perto", disse em voz baixa. "Muito perto. Preciso saber que você está segura ou vou dar a eles uma abertura que não existiria de outra forma."

"Eu também os senti", disse ela, aconchegando-se. "Você é forte, Max. O bruxo mais forte que eu já vi, mas são dois contra um! Pelo menos comigo, você pode equilibrar as coisas."

"Posso equilibrar a situação sem colocar você em risco."

"Com magia negra. Isso é muito perigoso!"

Ele apoiou o queixo no topo de sua cabeça. "Maldade chama maldade. Preciso atraí-los para perto."

"Por isso é ainda mais importante que eu esteja com você!" Afastando-se, ela olhou para ele, seus olhos cor de esmeralda suplicantes. "Eu posso te manter com os pés no chão."

"Ou eu poderia manchar a magia de Darius e afastá-la para muito longe."

"É disso que você tem medo?"

Soltando-a, Max passou a mão pelo cabelo. "Entre outras coisas."

Os olhos dela se abriram, então piscaram com amor. "Você nunca teve medo antes."

"Nunca tive nada a perder."

Ela cobriu o rosto dele e se levantou na ponta dos pés para pressionar a sua boca contra a dele. Sua língua se lançou sobre seus lábios, deixando nele a marca do seu gosto.

"Não se preocupe comigo", ela murmurou.

"Eu não posso parar." Ele pegou sua cintura, sentindo como ela era frágil. Mesmo com todo o seu poder, ela era macia e delicada. "Não vou fazer isso sem você, Victoria. Você é tudo para mim."

"Max..."

Ele a beijou, silenciando os apelos que tentavam enfraquecer sua determinação.

Victoria trabalhou duro para aceitar a decisão de Max, lutando contra a sensação de mau agouro que a agitava. A última coisa que ela queria era distrair Max de qualquer modo de sua caça, apesar da certeza de que ele não deveria ir sozinho.

Ele deslizou o zíper na parte de trás de sua saia, depois passou as mãos sobre seus quadris. Seus lábios tocaram sua nuca, e os olhos dela se fecharam. Ela tinha se tornado tão acostumada a ser cuidada, que havia ficado perdida nos dois dias em que Max estivera fora.

"Pronta?", ele perguntou.

Ela assentiu com a cabeça, embora fosse mentira. Ele iria levá-la para o trabalho e, em seguida, desapareceria, e ela não tinha ideia de quando – ou se – ele estaria de volta. Não estava em sua natureza aceitar não seguir o seu caminho. Max foi o único que lhe disse não. Ela aprendeu a aceitar isso, sabendo que a recompensa valeria a pena ao sofrer a negação, mas não conseguia enxergar uma recompensa nisso, além de esperar e rezar para que ele voltasse para ela vivo e não contaminado.

Sua mão ligou-se à dela, e num piscar de olhos eles estavam ao redor da esquina do St. John. Ela foi atingida mais uma vez pela amplitude do seu poder... e se excitou com ele. Max exercia sua magia tão facilmente. Sem esforço. E carregava o peso disso com um ar de comando que era sexy e devastadoramente atraente.

"Mantenha a guarda", disse ele em voz baixa.

"Sim, claro."

Ele beijou sua testa, as pálpebras, a ponta de seu nariz, então, finalmente, sua boca. Ele cheirava maravilhosamente bem e tinha uma aparência ainda melhor. Alto e poderosamente magro, seus ombros largos encobertos por um terno Armani. O terno de três peças preto complementava seu cabelo escuro, emoldurando um rosto esculpido que ainda fazia sua respiração parar quando ele sorria.

"Pare de se preocupar", ele advertiu.

Oprimida por seu medo por ele, Victoria o pegou pela gravata. "Recuse a caça. Não vá."

"Victoria..."

"Eles podem enviar outra pessoa."

"Não quero que eles enviem outra pessoa."

Ela congelou. "Por quê? O Conselho Superior te ameaçou? Eles *me* ameaçaram?"

"Não." Ele segurou-lhe a nuca em sua mão, e seu olhar de prata deslizou sobre o rosto. "Caçar é o que eu faço, Victoria. Você sempre soube disso."

"Sim, mas haverá outras caças. Você não tem que tomar..."

"Nenhuma tão desafiadora."

Ela olhou para ele, a respiração rápida e o pulso acelerado. "Você escolheria essa caça em vez de mim?"

"Não." Seu rosto se endureceu. "Eu sou quem sou. Você não iria me querer de outra maneira."

"Eu quero você vivo!"

"Você quer um predador, assim como você. Você arruinou todos os Caçadores que perseguiram você antes de eu chegar. Arruinava-os e os jogava fora." Ele a pegou pelos braços e a levantou na ponta dos pés. "Eu caço e pego. Peguei você. Mantive você. E vou voltar para casa para você. Não tente colocar uma coleira em mim, gatinha. Eu não vou aceitar, e você não iria querer isso."

Eu te amo.

Ela viu os olhos dele se fecharem enquanto as palavras dela flutuaram em sua mente. *Eu também te amo.*

Max a envolveu em seus braços. Ele a abraçou bem forte e ela não se importou que eles estivessem se abraçando na rua com as pessoas passando. Ela não o queria largar.

"Vamos lá", disse ele finalmente, afastando-se. "Quanto mais cedo eu começar, mais cedo isso vai acabar."

"Você já começou."

Seu peito se expandiu em uma respiração profunda e lenta. Uma admissão silenciosa.

Com a mão no cotovelo dela, ele a levou até a esquina e parou abruptamente. Victoria tropeçou ao seu lado, reunindo o seu poder para enfrentar a ameaça. Não era o que ela esperava.

Ela não era o que Victoria esperava.

Pequenina e voluptuosa, a loira esperando na frente do St. John estava claramente aguardando Max, como evidenciado pela ampla curva de seus lábios cor-de-rosa quando o viu. A tensão que se apoderou do rosto de Max em resposta fez as garras de Victoria se estenderem e um ronco baixo rosnar no seu peito.

A mulher era uma bruxa. Uma bruxa poderosa. Victoria podia sentir a magia pulsando dela. Vestindo imponentes saltos e um vestido azul sem mangas amarrado que combinava com seus olhos, a bruxa estava sendo olhada com apreço por todos os homens em seu círculo de visão.

"Aí está você", disse a loira, andando em direção a eles de forma vagarosa e sedutora, seu cabelo até a cintura balançando suavemente. "Você sempre gostou de me deixar esperando. Não que eu tenha motivos para reclamar no final."

Ela ignorou Victoria completamente.

"Jezebel", Max demorou. "O que está fazendo aqui?"

"Desde que ouvi o seu nome ligado a Powell e Barnes, nada poderia ter me mantido afastada. Uma caça dupla como essa só aparece uma vez na vida." Sua boca se curvou, e seus olhos azuis brilhavam com charme feminino enquanto o checavam da cabeça aos pés. "Considerando-se o tempo que vivemos, querido, isso diz alguma coisa."

Ela parou na frente de Max e passou a mão pela sua gravata, desconsiderando o fato de que ele estava de mãos dadas com outra mulher. Ele a pegou pelo pulso, o que só fez seu sorriso se ampliar.

"Jezebel, deixe-me apresentá-la a Victoria. Querida, esta é Jezebel... uma velha amiga."

Victoria se arrepiou, ciente exatamente de que tipo de boa 'amiga' se tratava. A consciência sensual entre eles era evidente, assim como sua química.

Você comeu isso?, perguntou ela.

Guarde as garras, gatinha.

Jezebel desviou o olhar para Victoria pela primeira vez. "Uma Familiar. Que pitoresca. Ouvi dizer que você tinha se emparelhado com uma, mas não podia acreditar."

"Acredite", Victoria rosnou, pontuando suas palavras com uma súbita rajada de ar que fez a loira tropeçar, cambaleando um passo para trás em seus calcanhares.

"Victoria", Max avisou. *Você não pode desafiá-la, ela é muito poderosa.*

Não me importo. Ela está falando de mim como se eu não estivesse aqui!

Ela está tentando te atingir, ele disse severamente, *e você está deixando.*

Jezebel riu com uma voz rouca e sacudiu o cabelo. "Ela não é nem um pouco domada, não é? Te conhecendo como conheço, Max, você deve achar isso uma forma desafiadora de diversão."

Victoria esperava que ele dissesse alguma coisa em sua defesa. Em vez disso, Max replicou, "Deixe-me levar Victoria até a porta, então vamos conversar."

Se você for embora com essa vagabunda, eu vou ficar possessa.

Você já está possessa, ele observou.

Max!

Ela sentiu uma labareda de magia que cortava o compartilhamento de pensamentos, e seu estômago deu um nó. Ele estava mudando. Pior, estava se desligando dela no processo.

Seu beijo superficial na testa e um *eu te amo* falado rapidamente não contribuíram em nada para aliviar o sentimento de que ela o estava perdendo.

Victoria assistiu através das portas giratórias de vidro da entrada do St. John enquanto Jezebel enlaçou seu braço com o de Max e o levou para o outro lado da rua. Eles faziam um par impressionante – Max alto e moreno, Jezebel pequena e dourada. Havia também uma familiaridade natural na forma como eles caminhavam juntos.

Em algum ponto, ele já havia estado com ela por um período considerável de tempo.

Fervendo com ciúme e possessividade territorial, Victoria girou nos calcanhares e se dirigiu para os elevadores, determinada a descobrir exatamente o tamanho da ameaça que Jezebel representava.

Capítulo cinco

"Fácil demais", Xander disse, seus olhos sobre a Familiar enfurecida enquanto ela marchava através da entrada do St. John Hotel. Uma entrada em que ele tinha aplicado um feitiço com o poder de provocar inquietação.

A cabeça de Sirius virou enquanto seguia Westin atravessar a rua. Ele tinha pela frente mais do que um acerto de contas. Ele queria atingir o Conselho Superior onde realmente doía, e transformar o seu menino de ouro em um mestre da escuridão seria um duro golpe. Westin já tinha feito a maior parte do trabalho para eles por violar o Reino Transcendual. Sua aura havia sido manchada pelo esforço. Ele deveria ter sido excluído... caçado... Mas Westin sempre se dava bem com tudo. O Conselho tinha mais medo de perdê-lo que de mantê-lo.

"Vamos precisar de mais do que um simples encontro", Sirius murmurou. "Temos uma chance de manchar uma Familiar. Se estragarmos isso, Westin vai saber e tomar as medidas necessárias. Não vamos ter uma segunda chance."

"Tem algo em mente?"

"Ele precisa ter uma razão para não mandar Patridge embora o quanto antes. Se pensar que ela é um alvo, ele vai mantê-la perto."

"Você quer derrotar os dois de uma vez?" Xander virou os olhos arregalados para Sirius. "Isto, sim, é uma boa conversa!"

Sirius se transferiu para um ponto à frente de Westin e seu pedaço de mau caminho, aguardando parcialmente transformado nas sombras. Estendendo a mão fantasmagórica – a forma criada por agarrar gavinhas de fumaça cinza –, Sirius lançou um feitiço que formou uma poça escura na calçada. Ela se agitava suavemente, formando ondulações, pois sentiu sua presa se aproximando. Xander se juntou a ele apenas quando Jezebel Patridge entrou na água enganosamente rasa.

Ela gritou quando a água correu por seu corpo como uma luva, avidamente abraçando as curvas com que Westin estava intimamente familiarizado. Uma risada borbulhou na garganta de Sirius e Westin girou abruptamente. Erguendo as mãos, lançou uma bola de energia a partir de seus dedos. Ela atingiu Sirius no peito com uma precisão infalível. Ele o mandou girando mais profundamente para as sombras. Em seguida, mais adiante, para o esquecimento.

Arianna sentou-se no banco em frente à mesa de Victoria e cruzou as pernas cobertas por uns jeans. A bruxa usava o cabelo vermelho cortado curto e espetado. Olhos castanhos maquiados fortemente com delineador e os lábios pintados de vinho enfatizavam a palidez de sua pele impecável. Isso também levava as pessoas a julgá-la uma delinquente pouco dotada.

O fato era que Arianna era a melhor bruxa investigadora que Victoria já conhecera. Fosse uma informação ou um objeto, Arianna poderia encontrá-lo.

"Westin está transando com a Jezebel Patridge de forma descontinuada pelos últimos vinte anos ou mais", a bruxa anunciou, deslizando em seu desleixo habitual.

Victoria ficou sem ar, depois arfou agitada. "Vinte *anos*?"

"Nada sério, pelo que ouvi. A maioria daqueles com quem falei os descreveram como uma espécie de amigos coloridos. Ele certamente não tem sido monogâmico. Para ser mais exata, tem pulado de cama em cama o tempo todo. Embora as camas não estejam sempre presentes, conforme fiquei sabendo."

Isso não fazia Victoria sentir-se melhor. "Vinte anos é muito tempo."

"Sim." Arianna encolheu os ombros. "Não há histórias terríveis sobre um rompimento desagradável ou qualquer outra coisa. Tenho a impressão de que é mais como dar um tempo entre os dois, em vez de uma separação."

Afastando-se da mesa, Victoria se levantou e começou a andar. Sua necessidade felina de andar quando se sentia enjaulada tinha aparecido com um sentimento de vingança. Tudo parecia estranho. Os funcionários do hotel estavam executando irregularidades nas consultas e solicitações dos hóspedes. Ela se perguntou se a inquietação que sentia estava afetando todos à sua volta ou se o contrário era verdade.

"Além disso", Arianna continuou, "Lexing se tornou um pouco especialista em Westin e sua técnica. Tem dado palestras na academia esquadrinhando os métodos que ele usou para capturar Barnes e Powell, então a informação que recolhi foi principalmente de autoria dela."

O que significava que Jezebel poderia ser realmente útil para Max em uma caça por esses mesmos bandidos, não que Victoria tivesse se entusiasmado com esse pensamento. Ela pesquisou sobre Max quando se conheceram, mas apenas superficialmente. Percebeu que, inconscientemente – mas talvez deliberadamente –, havia evitado vasculhar sua vida pessoal. Mesmo assim, não podia suportar a ideia de o imaginar com outra pessoa.

"Eles caçavam juntos no passado?", Victoria perguntou, detendo-se na janela para olhar para fora, a selva urbana expandida à sua frente. Um nevoeiro pairava sobre a cidade, obscurecendo as metades superiores dos arranha-céus que pontilhavam a paisagem por quilômetros. Abaixo, o tráfego deslizava ao longo das ruas em fitas intermináveis, a cacofonia da cidade provocando seus aguçados sentidos felinos.

"Não que eu saiba. Olha, não fique mexida por causa disso. Nenhum cara vale a pena. Além disso, a ligação funciona nos dois sentidos. Você quase nunca ouve falar de pares conectados se sacaneando uns aos outros"

"Você quase nunca ouve falar de pares conectados compostos por um Caçador e uma Familiar também", disse Victoria secamente, virando-se outra vez para a ruiva.

"É verdade." Arianna levantou-se e retirou um *pendrive* de seu bolso. Jogou-o para Victoria. "Mas ele não valerá nada se não conseguir manter aquilo dentro das calças por sua causa."

Victoria pegou o *pendrive*, e sua mão se fechou como um punho em torno dele. O nível de experiência de Max revelou-se evidente a partir do momento em que ela pôs os olhos sobre ele. Cada centímetro de seu corpo exalava pecado e sexo. Da maneira sensual com que ele se movia até a confiança em seus olhos. E, quando ele a tocou, sua habilidade a enlouqueceu.

Max Westin trepava como um deus.

Ainda assim, os homens brincalhões às vezes se distraíam, e Jezebel claramente tinha algo com que Max não se importou de se distrair uma e outra vez. Por *décadas*.

"Vou te dar a conta", disse Arianna, ao sair.

Reunindo sua determinação, Victoria sentou-se em sua mesa e conectou o *pendrive*. Estava deslizando a seta sobre a tela para clicar e abrir os documentos quando sentiu os primeiros arrepios da magia de Max batendo na dela. Sem mais aviso, a força da extração explodiu. Ele sugou a sua força como um vórtice furioso, arrastando-a para baixo até que ela caiu da cadeira para o chão.

"Maldição". Jezebel olhou para a caneca fumegante de chá que segurava com as duas mãos. "Esse ataque não deveria ter me assustado tanto quanto assustou."

Max estava parado sobre ela, seus pensamentos sombrios.

Ela inclinou a cabeça para trás para observá-lo. Ela usava um de seus roupões, suas roupas descartadas por causa da mancha que se agarrava a elas. Ela havia tomado banho, mas seu cabelo e maquiagem estavam impecáveis como de costume, reaplicados com um feitiço simples.

Ele olhou para o relógio, sabendo que Victoria estaria deixando o hotel em uma hora. Não podia arriscar que ela voltasse para casa sozinha e desprotegida, independente do quanto de energia ela carregava em si mesma. "Tenho que ir."

"Não vá atrás deles sem mim!" Jezebel protestou, empurrando--se para ficar de pé, um movimento que fez com que o roupão que ela usava se abrisse e revelasse a extensão de sua perna nua.

Antes, a visão teria remexido em sua luxúria e endurecido seu pênis, mas teve pouco efeito sobre ele agora. Seus pensamentos estavam com Victoria.

Eles não estavam todos focados em mantê-la segura.

Estimulado pela pressa em empunhar toda a força de sua magia, o seu desejo era branco-quente, sua mente correndo de um cenário erótico para outro. Ele queria sua mulher despida e amarrada, seu corpo flexível estendido e aberto para sua luxúria. Só então ela estaria aberta à onda de magia que iria repor o que ele havia sugado dela mais cedo. Reabastecendo-o também, construindo as reservas de que ele precisava para vencer sua presa de uma vez por todas.

"Estou indo buscar Victoria", ele disse, com a voz rouca denunciando a profundidade de seu desejo.

A boca de Jezebel se estreitou com a menção de sua Familiar. "Vou com você."

"Não é uma boa ideia." Sua gatinha já tivera a pele arrepiada por causa de Jezebel. Mas o mais relevante era o fato de que, quando ele colocasse as mãos em Victoria, não iria deixá-la até gozar nela sua última gota. Com certeza Jezebel não apreciaria esfriar seus calcanhares enquanto ele fazia isso.

"Ela não sabe como você é, Max?", ela perguntou, com os olhos de diamantes brilhantes... e igualmente duros. "O ciúme é inútil quando se trata de você."

"Eu não sou mais o homem com quem você transava, Jezebel."

"Ela te domou, então?" provocou suavemente. "Que pena."

Sua boca se curvou, e ele se afastou, decidindo se livrar do colete e do paletó. Seu sangue estava quente com a perspectiva da caça, levando-o a preferir pele nua ao em vez de roupa. "Podemos ser amigos Jezebel, ou não. Isso é com você."

Ela se materializou nua e de joelhos na frente dele, com a cabeça baixa em uma atitude de submissão que sabia que iria despertar sua natureza dominante. Suas mãos repousavam sobre os joelhos, seu corpo à espera do comando. "Contanto que eu tenha o seu pau dentro de mim, pode me chamar como quiser. Preciso disso, Max. Eu me sinto vazia sem ele."

Max respirou fundo. Seu corpo estava duro e dolorido, e a magia negra ainda se desprendia sutilmente de Jezebel, buscando a escuridão dentro dele. Sua mente se deteve nas memórias aquecidas de seu passado com Jezebel, uma verdadeira submissa, o que provocou uma resposta relutante ao vê-la se render mais uma vez. Pensou em Victoria. Quando ela finalmente se entregou, não foi sem resistência. Ela lhe deu o controle porque escolheu agradá-lo, não por ter uma compulsão natural para fazê-lo.

Ela era a única mulher que ele queria. A única que poderia acalmar a besta dentro dele.

Ele piscou e se transportou magicamente para o escritório de Victoria, incitado pelo pensamento de subjugar sua natureza naturalmente desafiadora. A esse respeito Jezebel estava certa – ele amava o desafio.

Sua gatinha estava sentada atrás da mesa, um ar de concentração em seu belo rosto enquanto olhava o monitor. Suas longas e finas pernas estavam cruzadas nos tornozelos sob a mesa, enquanto pingentes de diamantes brilhavam em suas orelhas como fogo de vários tons. Ele se materializou atrás dela, olhando por sobre seu ombro, intrigado com a constatação de que ela estava pesquisando sobre ele.

Deus, ele a amava. Amava o fato dela estar tão consumida por ele como ele por ela.

"Quero a sua boceta", disse ele com voz rouca, duramente impulsionado por sua necessidade. "E a sua bunda."

Sua cabeça virou para ele, e ela se levantou. "Max. Que merda foi aquela que aconteceu hoje?"

Ele estalou os dedos e tirou a roupa dela, deixando-a nua como Jezebel havia ficado. As duas mulheres não poderiam ser mais diferentes, não só em sua aparência, mas também no efeito que tinham sobre ele. Enquanto seu desejo tinha sido agitado instintivamente por Jezebel, o que Victoria despertava nele era um tipo completamente diferente de fome. Voraz. Insaciável. Profunda até a alma. Um desejo provocado tanto por seu amor por ela como pelo desejo de seu corpo.

"De joelhos", ele ordenou.

"Max..."

"*Agora.*"

A mandíbula dela se contraiu antes de empurrar sua cadeira para o lado e obedecer. Esse traço de rebeldia o excitou ainda mais. Ele tocou seu ombro e a levou por toda a cidade até seu apartamento, um espaço em que ele já não residia, mas mantinha como um *playground* pessoal.

"Isso mesmo, gatinha. É hora de brincar."

Capítulo seis

Victoria ficou tensa quando percebeu para onde Max a levara. Ao contrário do apartamento que dividia com ela agora, com sua paleta quente de pisos de madeira em tons de mel e paredes cor de creme, a antiga morada de solteirão de Max fazia o estilo industrial. Um chão de cimento lavado com ácido gelava seus joelhos nus, enquanto dutos expostos pairavam sobre a cabeça e paredes cinza-claro os cercavam, juntamente com uma impressionante coleção de apetrechos sexuais.

Sua boceta se apertou de desejo, seu corpo treinado para antecipar os prazeres que podem ser encontrados no espaço familiar. Mas a raiva e o ciúme ferviam. Ela não queria jogar. Ela queria lutar.

"Onde está Jezebel?", perguntou, mantendo a cabeça desafiadoramente para trás para encará-lo.

Sua boca se curvou em um sorriso lento e sexy. "Essa sua possessividade deixa meu pau tão duro que dói."

"Tem certeza de que a ereção não é porque você viu a mulher com quem transou por vinte anos!?"

Max começou a despir-se, libertando os botões de sua camisa, um por um, expondo a extensão dura de seu peito centímetro a centímetro. "Eu poderia estar dentro dela nesse momento", falou, seu olhar semicerrado com a excitação que pressionava contra o zíper da calça. "Ela está nua em nosso apartamento. De joelhos e desesperada por meu pau."

Ela engasgou, depois se mexeu para levantar-se. "Que porra é essa?"

Com um aceno de mão descuidado, ele a despiu e mandou para a cama no outro lado do cômodo. Uma barra de sadomasoquismo apareceu no cetim vermelho ao lado dela e um tremor a percorreu com essa visão. Logo ela estaria indefesa e exposta, o corpo contido e organizado para atender aos desejos dele. Antes de Max, ela nunca tinha imaginado que seria capaz de implorar por esse nível de vulnerabilidade e perda de controle. Agora, não podia imaginar viver sem isso. Ele dizia a ela o que fazer, o que sentir. E em troca ela gozaria até que estivesse enlouquecida de prazer.

"Você não pode usar meu passado contra mim", disse ele, com voz firme e suave. "Eu gosto de foder. Você também. Para o resto de nossas vidas, vamos estar fodendo apenas um ao outro. Nada mais importa."

Aproximou-se dela com aquele jeito perversamente *sexy*, aquele que prometia tanto quanto ela poderia suportar, os músculos ondulando seu corpo. Sua ereção era grossa e longa, a cabeça grande brilhando com a excitação. A ponta alcançava seu umbigo, o tamanho dele suficientemente grande para fazê-la contrair as coxas na tentativa de lidar com a dor que ele produzia. Victoria se sentou na cama e enrolou-se nas pernas, querendo estar com ele, mas querendo respostas também.

Era mais difícil manter o foco em falar do que ela queria admitir. Ela sabia exatamente como esse pau grande ficaria dentro dela, como ele a esticaria e passaria por todos os pontos mais sensíveis, como ela se contorceria sob seu corpo duro e pediria para ele dar-lhe tudo.

"Max..."

"Eu deveria estar caçando."

Ele chegou aos pés da cama, e ela viu o suor brilhando no contorno esculpido do seu abdômen. Uma gota cremosa e cintilante de pré-gozo deslizou amorosamente abaixo do comprimento cheio de veias de seu pênis.

Ele estava desejando tanto isso.

"Em vez disso", ele continuou, "eu mal respiro de tanto querer você. Não consigo pensar. Mal posso esperar para afundar meu pau dentro de você e gozar até as minhas bolas pararem de doer."

"Ela te deixou quente assim?", perguntou Victoria suavemente.

"De jeito nenhum." Ele agarrou a barra com a mão, o metal brilhante de repente parecendo perigoso quando segurado por aquele braço bem definido. "Nunca me senti assim com ninguém. Você sabe disso. Pare de duvidar de mim, Victoria. Está começando a me irritar."

A respiração dela acelerou, seus mamilos duros e doloridos. Ele ficou esperando, um homem formidável completamente no cio, com o rosto forte marcando sua beleza masculina inflexível. Seu corpo viril tenso com a necessidade de a montar.

"Você sabe o que fazer", disse ele com voz rouca. "Não me faça esperar."

Victoria virou-se e se estendeu de barriga para baixo, abrindo as pernas para acomodar a barra. Sua pulsação aumentou, estimulando sua respiração e seu desejo. Ainda assim, ela não conseguiu evitar dizer: "Ela quer você de volta".

Sua antiga amante estava em sua casa, nua e disposta. Que desculpa poderia haver para isso?

"Não me importo com o que ela quer. Só me importo com você." Couro macio como manteiga foi colocado e apertado em torno de seu tornozelo. "Sua mágica está em mim. Eu sinto você. Cheiro você." Sua mão deslizou com adoração até a volta de sua perna. "Sinto o seu gosto."

Ela gemeu. "Por que ela está na nossa casa?"

"Por que você está obcecada por ela?" Sua mão veio com força contra sua nádega, o som de carne batendo contra carne rachando como um trovão. Ela gritou e se contorceu, sua pele em chamas por causa do tapa. "Você sabe que eu te amo demais. Não há espaço para mais ninguém."

Sua voz vibrava de emoção, e os olhos de Victoria se fecharam completamente. Sua mão bateu duramente contra a outra nádega, e o calor varreu suas pernas, inchando-lhe os lábios do sexo.

"Você não sabe como vocês são juntos", ela gemeu. "Como é óbvio que vocês gostam de se foder um ao outro. Não entenderia a menos que me visse com um dos caçadores que vieram antes de você. Veria como eles olham para mim de um jeito que diz que eles sabem qual é a sensação de me terem chupando-os... como eles se sentem dentro de mim..."

"*Victoria*", ele rosnou, pouco antes de se inclinar e afundar os dentes em seu quadril. Castigando-a. Marcando-a.

Ela chorou, tão excitada que seu corpo doía. "Eu odeio que ela saiba como você é bom nisso. Os sons que você tem. Odeio você a ter querido tanto."

"Não tanto quanto eu quero você", ele respirou, aninhando o rosto contra o dela. "Nem de perto."

A outra pulseira de couro magicamente envolveu seu tornozelo.

"Ela foi atingida hoje", ele disse asperamente. "Ferida bem no meio da rua, em plena luz do dia, comigo ao seu lado."

A respiração de Victoria parou.

"Eu disse a você como essa caça é perigosa. Disse que eles viriam atrás dos que me rodeiam. Poderia ter sido você."

Sua voz vacilou. Deslizando as mãos suavemente sob o seu tronco, ele segurou os seios dela e a puxou para cima, fazendo-a ajoelhar-se. Ele foi para a cama, puxando e ordenhando seus mamilos. Seu peitoral estava quente e duro em seu ombro, seu cabelo uma carícia suave contra seu pescoço. Suas costas arqueadas, pressionando os seios doloridos contra as suas mãos, o equilíbrio dela totalmente dependente de sua força.

"Poderia ter sido você", ele disse novamente, os lábios em sua garganta. "E eu não teria suportado, Victoria."

"Deixe-me ajudá-lo. Por favor."

"Você vai me ajudar agora." Agarrou sua nuca com firmeza pela mão e a inclinou para a frente, ancorando-a pela cintura enquanto ela se dobrava para pressionar o rosto contra a cama.

Os braços dela foram empurrados pelas suas pernas abertas e imediatamente ligados à barra por algemas de couro. Ela estava impotente e incapaz de se mover, seus quadris arqueados no alto e mantidos abertos, seu sexo disponível e posicionado para o prazer. Para a penetração mais profunda.

Victoria ficou molhada de excitação e antecipação. Quanto mais imobilizada ela ficava, mais excitado Max se tornava. À medida que ela ia ficando mais quente, mais ela o queria.

Ele se endireitou e estalou os dedos. Foi o único aviso que ela teve antes que o açoite de um chicote picasse as costas de suas coxas. Ela gemeu contra o edredom, absorvendo o aguilhão da dor em seu núcleo apertado. Dentro dela, algo se rebelou. Mas não era mais forte que o seu desejo. Max a levava a lugares que ela não queria ir e, ainda assim, mal podia esperar para chegar.

Sua mão acariciou a pele ardente. "Pare de lutar contra mim."

"Me coma."

O chicote desceu novamente. Ela rangeu os dentes contra o prazer/dor. Max usou a quantidade perfeita de força, suas ações qualificadas e metódicas. Ela não pôde deixar de admirar a prática que ele tinha, a escuridão nele que o fazia precisar de submissão inequívoca.

"Pare de me analisar." Sua voz era baixa e controlada, silenciosamente autoritária. Ele a chicoteou de novo, batendo de novo na carne com precisão infalível. Quando terminou, as marcas temporárias deixadas formariam um padrão artístico claro. "Pare de duvidar de mim."

"Max..." O apelo em sua voz veio de uma fonte dentro dela que só ele conhecia.

"Pare de duvidar de mim. Passei apenas dois dias fora, Victoria, e você parece ter se esquecido do que me prometeu." As tiras de camurça batendo contra suas nádegas. "Servir, obedecer e agradar-me. Nunca questionar uma ordem ou me negar nada. Nunca me dizer não."

"Eu lhe dou mais do que já dei a alguém."

O chicote desceu mais duramente. Não o suficiente para destruí-la, mas o suficiente para concentrar nele a atenção dela. No som da sua respiração estável, impassível. No batimento cardíaco acelerado dela.

Para torná-la mais úmida. Mais necessitada.

"Você está muito focada na sua vulnerabilidade", ele murmurou, massageando sua carne ardente com os dedos suaves. "Foi um presente que você prometeu quando te reivindiquei, e você nunca me deu, não é? Mas eu mantive minha promessa com você. De cuidá-la... valorizá-la... mantê-la segura."

"Sua vida é perigosa , Max. Você é perigoso. Isso é parte do pacote."

"Você ainda está discutindo comigo, gatinha?"

Ela ficou tensa, mas ele mudou o jogo com ela. Da dor ao prazer. Seus dedos hábeis deslizando sobre sua boceta exposta. Ela estremeceu enquanto a sensação correu através dela, apertando sua pele. Um suspiro escapou dela quando ele esfregou seu clitóris, circulando sobre ele com uma leve pressão.

"Que boceta bonita", Max murmurou, sua respiração quente contra suas dobras brilhantes. Sua língua brincava com ela, margeando a abertura de seu sexo. "Suave, apertada e molhada. Vou te foder com força e ter o mais delicioso orgasmo dentro dela. Vou te bombear até te encher de gozo espesso e escorregadio."

"Sim. Max... por favor."

Ele se endireitou e pegou seus quadris, rolando-a com cuidado para suas costas. Ela se deitou abandonada diante dele, os tornozelos e os pulsos na altura dos seus ouvidos. "Você não vai gozar."

Ela choramingou e engoliu em seco. "Eu sempre te obedeci."

Seus olhos prateados olharam para ela de dentro de um rosto aguçado pela luxúria. Havia uma selvageria em seu olhar que ela não reconhecia nele. "Na prática e no espírito?"

Um alarme tocou dentro dela. "O que aconteceu hoje, Max?"

Segurando a parte de trás de sua coxa, ele pegou seu pênis com a mão e com ele acariciou os lábios de seu sexo, revestindo-

-a com o pré-gozo que vazava copiosamente da ponta. Ele era tão grande e duro, o mais grosso que ela já tinha visto. Veias corriam para baixo do comprimento dele, bem como pelos antebraços tensos, seu corpo pronto para acasalar tão duramente como havia prometido.

"Acabei com um deles", ele murmurou por entre os dentes cerrados.

Em seguida, martelou seu pênis para dentro dela, sua magia batendo nela com a mesma intensidade.

A boca de Victoria se abriu em um grito silencioso. Possuída por ele. Devastada.

Capítulo sete

Ela gozou. Não podia parar. Preparada e pronta como estava, precisou apenas do impulso brutal daquele grande pau em seu sexo macio para liberá-la. A magia negra bateu nela tão duramente como Max fez, cada golpe em sua vagina acompanhado por uma onda de poder. Ela tremeu debaixo dele, seu sexo ordenhando seu pênis em movimento, sua visão escurecendo por um momento enquanto o sangue corria quente e rápido.

Segurando as costas de suas coxas, ele a manteve presa e aberta para o sexo selvagem, um reservatório capturado por sua luxúria furiosa. Seus quadris se potencializavam entre os dela, seu saco batendo ritmicamente contra as curvas de sua bunda. Seu pênis bombeando sua boceta lisa, mergulhando para dentro e para fora, o corpo funcionando como uma máquina de alta performance bem azeitada.

"Minha", ele rosnou. "Minha."

"Max... por favor." Victoria não sabia se estava implorando para ele parar ou nunca parar, seu corpo deleitando-se com o tratamento áspero, amando o ato de ser usada com o único propósito de lhe dar prazer. Seu pênis se dirigia implacavelmente para dentro dela, empurrando através do tecido ávido e ganancioso, correndo furiosamente por toda a carne sensibilizada.

Ele jogou a cabeça escura para trás, seu cabelo flutuando ao redor de seus ombros largos, os músculos se esticando e o pescoço arqueando enquanto um jorro de sêmen branco quente esguichou dentro dela. As mãos e pés dela martirizados com a necessidade de movimento, seu peito arfando para respirar enquanto ele se esvaziou sem perder nenhuma estocada. Um rosnado viril reverberou pela sala enorme, um som de satisfação masculina primitiva que a fez gozar novamente.

Seu corpo ainda estava atormentado pelo clímax potente quando ele se liberou dela. A barra desapareceu, e ele a virou, montando-a por trás e martelando profundamente. Esparramada e inclinada na cama e coberta pelo corpo suado e febril dele, Victoria agarrou o edredom e o mordeu, abafando os gritos de prazer que não conseguia conter.

Seus olhos rolaram e, em seguida, se fecharam, seus sentidos sobrecarregados pelo cheiro do corpo suado de Max, a sensação dos músculos dele flexionados contra ela enquanto ele sucumbiu ao instinto animal e esqueceu-se de tudo, exceto da necessidade de a montar e gozar nela. Seu pênis manteve a dureza desesperada, a magia dele pulsava dentro dela, inundando-a. Sua aura estava enfumaçada e escura, contaminada pela magia que ele tinha absorvido da vitória ocorrida mais cedo naquele dia. Ela entendeu o seu humor negro então. Entendeu o que o estava deixando tão duro.

Ela se rendeu, abrindo-se em todos os sentidos. Max sentiu isso e rosnou, suas mãos segurando as dela, entrelaçando os dedos com força. A magia circulava entre eles, a essência sendo purificada enquanto se filtrava através de ambos.

Seu rosto pressionado contra a curva do pescoço dela, seu suor se misturando com o dela, seu peito arfando com esforço. Ele transou com ela como um homem possuído, e talvez, de certa forma, estivesse. Tudo o que ela podia fazer era levá-lo, tomá-lo e gozar. Uma e outra vez.

Eu te amo. Com o joelho, ele abriu mais a coxa para que pudesse empurrar mais profundamente. *Te amo.*

Victoria apertou o rosto contra o dele. *Eu sei.*

Xander se ajeitou de sua pose relaxada na porta de uma loja discreta na rua em frente ao prédio onde Westin morava com St. John. O bruxo tinha saído mais cedo, fato evidenciado pelo vazio repentino da magia que pulsava antes. Ainda assim, um rápido rastreamento tinha revelado que ele deixara poderosas proteções no lugar. Isso era de se esperar.

O que Xander não tinha previsto era a absorção de parte da magia de Sirius por Westin. Esse fato novo o enfureceu. Ele tinha manipulado cuidadosamente Sirius, levando-o a pensar que ele era o homem brilhante, dando-lhe uma falsa confiança. Xander havia planejado cada palavra e ação para incitar o outro bruxo a agir contra Westin primeiro. Ele deliberadamente apareceu na sombra no momento exato do ataque de Sirius, chamando a atenção de Westin e atraindo assim o Caçador a atacar e vencer seu inimigo. O plano tinha sido para *ele*, Xander, absorver o poder de Sirius, não Westin. Em seguida, ele deveria ficar poderoso o suficiente para chamar a atenção da Fonte de Todo o Mal. Ele poderia ter se tornado tão potente quanto o Triunvirato tinha sido uma vez.

Mas nem tudo estava perdido. Westin derramaria um pouco dessa magia roubada em St. John, tornando-se mais fácil para Xander fazer isso também. A Familiar tinha ficado feroz uma vez. Uma boa dose de magia negra e uma pequena semente de dúvida sobre Westin iriam empurrá-la para esse limite novamente. Sirius tinha sido útil em pensar nesse plano. Se Xander pudesse transformar St. John, ela ficaria incontrolável, selvagem, e Westin perderia o acréscimo que ela lhe dava. Ele também seria derrubado de seu jogo por estar em desacordo com sua amante, e isso era tudo de que Xander precisava – um único flanco aberto.

"Aí está você", murmurou para si mesmo quando uma bela loira entrou pela porta giratória do prédio como se ele a tivesse conjurado.

Vestida com uma roupa nova composta por calças pretas justas e uma blusa azul sem mangas, Jezebel Patridge ignorou a saudação do porteiro e olhou para o mundo à sua volta. Ela poderia ter superado a distância entre o edifício e qualquer lugar que escolhesse ir, mas ela claramente não tinha ideia de onde terminar e, provavelmente, não tinha o desejo de sair. Ela queria Westin. Dar o fora não iria ajudá-la. Mas esperar por ele também não parecia muito apropriado.

Xander saiu das sombras e enviou um pulso suave de magia para atrair a atenção dela. Quando ela olhou em sua direção, ele alterou-se, como que se escondendo de seu olhar e saiu andando. Fugindo. Ou assim ela pensaria.

E ela iria persegui-lo. Ela era uma Caçadora, no fim das contas. E ele era um trapaceiro, atualmente na lista dos mais procurados pelo Conselho.

Cinco minutos depois, o cabelo de Patridge estava espalhado em um halo dourado no chão úmido de um beco, o peito dividido por um duplo golpe de magia.

Xander apertou o próprio pulso e sorriu enquanto pingava sangue contaminado na cavidade.

Max circulou o mamilo de Victoria com a língua, os quadris rolando suavemente enquanto mexia o pênis em suas profundezas encharcadas de esperma. Ela gemeu, seus dedos acariciando suavemente ao longo de suas costas. Estava exausta, seu cabelo curto molhado de suor, a pele corada em um tom rosado, os cílios escuros emoldurando os olhos fechados.

Ele a afagou enquanto se acalmava a si próprio. Estava tão exausto pela sua necessidade violenta de dominá-la. De fornicar com ela até duvidar que pudessem suportar. E ela deixou.

Irritou-se por não ter reconhecido a real razão daquela necessidade – a magia negra dentro dele buscando uma saída em sua amada Familiar. Sua alma gêmea. A mulher que ele amava mais do que jamais se imaginou capaz de amar alguém.

Agora a pele de Victoria trazia essa mancha, sua viciante essência almiscarada de baunilha e ainda mais provocante para seus sentidos. Ele estava descendo em espiral pelo ralo e a levava com ele.

Virando a cabeça, ele brincava com seu outro mamilo dando voltas leves com a língua. “Estou te machucando?”, perguntou, a voz rouca por conta das muitas vezes em que havia rugido de prazer enquanto gozava.

"Não", ela sussurrou, seus dedos cavando em sua bunda com a força que ainda lhe restava. "Não pare."

Seu pênis deslizou vagarosamente para dentro e para fora dela, a preocupação com seu conforto acima de tudo em sua mente. Ele pararia se pudesse, mas precisava de conexão, necessitava ter certeza de que estava tudo bem entre eles. O cheiro de sua pele, a suavidade de seu corpo, seu toque... nada em sua vida jamais havia sido tão necessário quanto ela.

Movendo-se com cuidado, ele começou a acariciar a cabeça do pênis sobre o feixe de nervos sensíveis em seu interior. Ele sentiu a tensão na curva ascendente de Victoria, acompanhou o ritmo acelerado de sua respiração. Quando ela chegou ao orgasmo, ele gemeu e a seguiu, gozando junto com o murmúrio delicado de sua boceta.

Ainda estava arfando e tremendo com prazer quando sentiu a proteção ao redor de seu sótão sinalizar a presença de magia. Ergueu-se rapidamente, seu pau molhado e semiereto, o corpo entrando em contato com as reservas mágicas recém-armazenadas para fortalecer os músculos enfraquecidos por horas de sexo selvagem.

Você superou nossas expectativas mais uma vez, disse o Conselho, uma multidão de vozes falando estranhamente como uma aglomeração das mentes das bruxas e bruxos mais poderosos de todos os tempos. *Você venceu Sirius com surpreendente rapidez.*

"Era isso que vocês queriam, não era?", ele perguntou, puxando um par de jeans. Lançou um olhar para a cama e viu que Victoria cochilava, enrodilhada a seu lado.

Seu poder é impressionante. Gostaríamos de ver uma demonstração disso.

"O fato de Powell estar morto é demonstração suficiente." Dirigiu-se à porta da frente, o braço direito estendido, a palma da mão se preenchendo com uma bola de magia turva.

Não se esqueça de que é por causa da nossa paciência que você não é um rogue *procurado agora.*

"Não se esqueça de que vocês ainda estariam perseguindo Powell e provavelmente perdendo Caçadores se não fosse eu. Esta é uma relação simbiótica, não um presente."

Vamos ver quanto tempo leva para você vencer Barnes, eles disseram maliciosamente.

"Sim", Max concordou, alcançando a maçaneta da porta da frente. "Vamos ver."

Abriu a porta e contraiu o braço.

"Ei!" Gabriel levantou as mãos em sinal de rendição. "Relaxe, assassino."

O olhar de Max se estreitou, avaliando o homem que sempre seria considerado um rival. Gabriel Masters sorriu, os olhos castanhos com um brilho divertido. O bruxo de cabelos escuros era de nível superior, mas não possuía as habilidades de Max. Ainda assim, tinha poder suficiente para ter sido selecionado para bruxo de Victoria... antes de Max a tomar como sua. "O que está fazendo aqui, Masters?"

Eles não eram amigos, jamais haviam sido. Sempre envolvidos em caçadas independentes, eles raramente tinham a oportunidade de se cruzar.

"Não vai me convidar para entrar?", Masters perguntou.

Max deu um passo para trás e liberou-lhe a entrada. Do outro lado da sala, conjurou biombos para esconder a cama onde sua gatinha dormia. Ainda assim, o cheiro de seus feromônios estava pesado no ar, e Masters não ficou imune. O bruxo mexeu os pés, sacudindo os ombros.

"Minha", Max alertou em um ruído surdo.

"Ela é a razão pela qual estou aqui." Masters o encarou. "A história está se espalhando rapidamente sobre sua vitória hoje. Jezebel diz que você acabou com Powell em um único golpe."

"Então?"

"Então, todo mundo sabe que a sua Familiar ajudou você. Eu não sou o único Caçador pensando em ter uma Familiar agora."

"Tem os seus benefícios", ele admitiu. "Mas Familiares dão muitíssimo trabalho. Se fosse qualquer uma que não Victoria, acho que o esforço não valeria a pena."

"Sim, posso sentir o cheiro de todo o trabalho que ela lhe dá." O sorriso de Masters desapareceu. "Alguns estão se perguntando se você agora é poderoso o suficiente para desafiar o Conselho Superior."

Um arrepio percorreu a espinha de Max. O Conselho não gostaria disso. Eles levavam todas as ameaças muito, muito a sério. Se o vissem como uma, tomariam medidas. E o acréscimo de Victoria era o que lhe dava uma vantagem.

"Eu não arrumaria encrencas, se pudesse", falou lentamente, com cuidado para esconder sua inquietação. "Tenho tudo o que quero aqui."

"Você tem. Talvez outros não."

Max cruzou os braços sobre o peito nu. "Não traga a revolução para minha casa."

Os lábios de Masters se curvaram ironicamente. "Por que não? Você trouxe isso à magia, para dizer o mínimo."

Capítulo oito

O estômago de Victoria se revirou com a notícia que Gabriel Masters repassou para Max. Ela fingiu dormir, já que raramente dormia pesado quando cochilava, e decidiu não deixar que ele soubesse, a menos que lho contasse diretamente.

Ficou imaginando se ele tinha pensado nisso com antecipação, se ele a impedira de caçar com ele exatamente para evitar esse tipo de coisa. Ele não gostaria de magoá-la, ainda que sua justificativa os impedisse de brigar sobre sua decisão de excluí-la.

Max levou Gabriel para fora e aconchegou-se na cama. Ela o ouviu, o cheirou, sentiu-se confortada com sua presença tão próxima. A cama afundou quando ele se sentou ao lado dela. Sua mão o acariciou.

"Gatinha", disse em voz baixa, curvando-se em direção a ela e pressionando os lábios em seu ombro. "Tenho que ir."

Quando ele se endireitou, ela virou-se de costas e olhou para ele. "Você não deveria dormir um pouco? Ou pretende voltar para casa em breve?"

"Quanto antes esta caça acabar, melhor." Seus olhos cinzentos adocicaram enquanto olhavam para ela. "Depois, vamos sair por um tempo. Algum lugar tropical, talvez, onde você vai ficar nua o dia inteiro. Ou para a neve, onde eu possa te desempacotar em frente a uma lareira."

Ela pegou a mão que descansava em seu quadril e a apertou. "Parece maravilhoso."

"Quer ficar aqui? Ou prefere que a leve de volta ao apartamento?"

"Para casa." Ela suspirou. "Tenho muito trabalho a fazer. Hoje foi uma loucura no hotel."

"Você pode ficar trabalhando em casa nos próximos dias?"

"Claro." Ela odiava trabalhar fora do escritório, mas não iria dar um chilique. Max tinha o suficiente em sua mente para se estressar.

"Vamos tomar um banho, então", ele convidou, um sorriso suave nos lábios.

Trinta minutos depois, Victoria sentiu-se renovada. Max a tinha banhado da cabeça aos pés, os dedos hábeis massageando seu couro cabeludo e cada músculo. Ele era tão bom com ela. Tão bom para ela.

Ele a vestiu com um pijama simples, preferindo fechar cada botão pessoalmente, em vez de usar magia. "Pronto."

"Aqui." Ela se levantou na ponta dos pés e beijou-lhe o queixo. "Estarei esperando por você quando voltar."

Max emitiu um som áspero e a puxou para perto, envolvendo os braços ao seu redor. Segurou-a por um momento, e em segundos estavam em casa. A introdução abrupta do som de um saxofone a sacudiu. Mas o choque maior veio da loira nua usando apenas um colar de couro que entrou na sala de estar, pelo corredor do quarto.

"Max", Jezebel ronronou, esticando-se como se tivesse acabado de acordar. "Pensei que você estivesse brincando sobre trazer sua gatinha para casa para brincar com a gente."

O olhar de Victoria estava voltado para o MAX gravado no couro preto circulando o pescoço da bruxa e para as marcas em seus seios, perfeitamente definidas e alinhadas no padrão inimitável de Max .

"Jezebel", Max rosnou. "Que diabos você pensa que está fazendo?"

"Quero você, querido." Ela sorriu e acariciou os seios, oferecendo-os. "Do jeito que você quiser."

Uma magia perversa subiu dentro de Victoria, grossa, negra e quente. Ela a incomodou e chamuscou-lhe as mãos, ansiosa para ser liberada. "Cadela", sussurrou, "é melhor você desaparecer rápido."

"Eu te avisei, querido", disse Jezebel , lambendo os lábios enquanto puxava os seus próprios mamilos. "Familiares não brincam bem com outros."

Max caminhou em direção a ela e Victoria perdeu o controle, incapaz de o deixar colocar as mãos em outra mulher. Especialmente uma mulher nua usando uma coleira com o nome do *seu* homem.

Sem que ela tivesse consciência disso, suas mãos se ergueram para a frente, atirando magia de seus dedos em arcos de raio verde. O golpe levantou Jezebel do chão e a fez voar de volta para o fim do corredor.

"Pelo amor de Deus!" A cabeça de Max chicoteou em direção a Victoria, revelando um semblante furioso. "Você ficou maluca?"

"Obviamente *você* ficou quando trouxe esse lixo em minha casa!" Ela devolveu, as mãos se fechando e lutando contra a vontade de atacar novamente.

Um caminhão gigante bateu em seu peito. Pelo menos foi o que pareceu. Ela foi jogada sobre as costas e atirada na direção do sofá. Victoria gritou, o peito doendo e a blusa do pijama fumegando por causa do golpe direto.

"Pare!" Max rugiu, entrando no meio do corredor como uma barreira.

Jezebel aproveitou e saltou sobre ele, girando no ar para pousar de pé, o cabelo se espalhando ao seu redor como uma capa. Victoria ficou ainda mais ágil, seus reflexos felinos clamando por vingança. Max pulou, seus braços envolveram a bruxa atrás dele, e puf. Tinham ido embora.

Uma fúria irracional percorreu Victoria acompanhada de uma onda de magia que ela nunca havia sentido antes. Ela confiava em

Max, acreditava nele, estava lúcida o suficiente para saber que ele não poderia gozar nela do jeito que havia feito a noite inteira se tivesse saído mais cedo com outra pessoa.

Isso não queria dizer que ela não estivesse absolutamente furiosa por ele ter trazido a ex para sua casa, uma ex completamente desequilibrada e que amava pancadaria.

"Max!", gritou. Mas ele se fora.

Fervendo, desligou o aparelho de som e caminhou pela casa, à procura de qualquer vestígio de Jezebel. A raiva cresceu quando encontrou a cama deles bagunçada e cheirando ao perfume da bruxa. Cheirava a alguma outra coisa, também. Algo esfumaçado e ligeiramente acre. Ela arrancou os lençóis, rasgando-os com garras que estendeu sem que houvesse percebido.

Estava pensando em todas as coisas que iria dizer para Max quando ele voltasse, sentindo-se mais irritada a cada minuto que passava, quando as proteções ao redor do apartamento tilintaram com um alarme.

"Você quer mais, bruxa?", ela murmurou, deixando cair os lençóis e indo em direção à porta. As palmas das mãos começaram a coçar novamente, lembrando-a do tiro que havia dado antes. Sua magia nunca se manifestara como arcos luminosos de poder anteriormente. Ela precisava de Max para ajudá-la a entender isso. E de uma cabeça mais equilibrada que a dela naquele momento.

Deuses, quanto essa caça os tinha afetado?

Foi até a porta da frente e sentiu a ameaça por trás dela. Os cabelos em sua nuca se arrepiaram e ela girou, mudando para a sua forma felina para se tornar um alvo menor. As janelas estalaram com a energia fluindo de fora, e ela sacudiu as roupas que estavam enroscadas em torno de suas patas e agiu depressa, saltando para um console em busca de um melhor ângulo de visão.

Com os olhos apertados, procurou a linha do horizonte, não vendo nada para combater, mas sentindo a força da magia. Isso perfurou seu peito, onde a ferida ainda pulsava, forçando uma mudança para a forma humana contra sua vontade. Ela caiu do console, as costas se arqueando, a magia queimando em uma onda de energia que quebrou as janelas.

Uma nuvem negra se inseriu pela brecha e se materializou ao lado dela na forma de um homem. De cabelos cor de cobre, com os olhos tão escuros que pareciam pretos, ele irradiava um poder obscuro que enviava arrepios de agitação através de sua carne nua.

Ele ajoelhou-se ao lado dela, e ela descobriu que não podia se mover, mal conseguia respirar. O lugar em seu peito onde Jezebel a golpeara com magia queimava, como se tivesse sido atingido com ácido. Aquilo a devorava em dardos agonizantes, consumindo todo o seu corpo.

Ele sorriu. "Relaxe. Não vai durar muito tempo."

A dor atingiu seu coração, e ela gritou, seus músculos contorcidos. Então ela misericordiosamente perdeu a consciência.

No momento em que Max se materializou na casa de Jezebel, ele a empurrou para longe, as palmas das mãos em chamas por causa do toque da sua pele. Ela estava febrilmente quente, os olhos selvagens. O corte profundo por cima do ombro, consequência do golpe de Victoria, parecia não a incomodar. E a curva de seus lábios era tão insana que lhe dava calafrios.

Ele fez um movimento com a mão para vesti-la com um roupão.

"Max." Ela balançou a cabeça. "Você não costumava ser tão tenso assim. É óbvio que a sua Familiar não está fazendo você feliz."

"Não queira fazer de mim um inimigo, Jezebel", ele alertou. "Sugiro que você pense em mim como uma memória carinhosa e fique bem longe."

"Mas nós nos sentimos atraídos um pelo outro! Sei que você também sente isso." Ela se aproximou, com a mão estendida como se quisesse tocá-lo.

E ele realmente sentia. O suficiente para inspirar profundamente. O apelo de igual para igual era forte, mas não era sexo. Era magia.

Foi ao encontro dela e afastou o tecido que cobria a ferida. O movimento mostrou seu peito e a fez suspirar de emoção, mas a atenção dele estava concentrada no corte em sua carne que não sangrou e não estava escuro – não porque tivesse sido cauterizado, mas porque seu sangue estava contaminado.

"Quando ele se aproximou de você?", ele perguntou. "O que ele lhe fez?"

As mãos dela deslizaram pelo peito de Max. "Estou mais interessada no que você vai fazer comigo", ela sussurrou.

Agarrando suas mãos impacientes, Max cobriu a distância até o Conselho Superior. Levou-a diretamente para a antecâmara fora do salão de recepção. A sala estava lotada, como de costume, e seu aparecimento súbito com Jezebel seminua paralisou imediatamente a conversa e o movimento.

A multidão de bruxos e bruxas recuou enquanto ele avançava para a mesa onde os pedidos da plateia eram registrados, com a mão no cotovelo de Jezebel conduzindo-a para a frente.

"Ela foi contaminada por Xander Barnes", disse ele friamente. "Vai precisar de tratamento e reabilitação."

Ele a soltou e virou-se.

"O Conselho vai querer questioná-lo", disse o funcionário rapidamente.

"Eu não sei o que aconteceu, não estava lá." De repente, Max recuou, cambaleando para trás enquanto uma agonia incandescente perfurou seu peito como uma lâmina. Sentiu um grito ecoar dentro dele, e seu sangue gelou.

"Victoria", respirou, o pânico rasgando-lhe as entranhas.

Distraído e pego de surpresa, ele a havia deixado sozinha e desprotegida. Tentou caminhar, interrompendo o passo na metade. Era como nadar em mel, sua magia sendo levada para longe a cada batida de seu coração. Desabou de volta na sua sala de estar, intermináveis momentos depois, apoiado nas mãos e joelhos, desorientado e confuso em meio a uma confusão de vidro quebrado.

Botas de salto alto em couro preto surgiram em seu campo de visão, levantando seu olhar ao longo daquelas pernas quilométricas cobertas com shorts pretos justos e um bustiê de couro. Victoria colocou as mãos nos quadris, os lábios pintados de vermelho curvando-se num sorriso sem humor. A esmeralda de seus olhos escurecidos com kajal era tão escura quanto sua aura.

"Agora sim", ronronou, "é exatamente assim que eu te quero."

Capítulo nove

Ele está te dominando. E você está permitindo que ele faça isso.

Victoria assistiu Max ficar de pé em um movimento poderosamente gracioso, seus olhos tempestuosos avaliando-a. Ela sabia que ele estava querendo encontrar um meio de obter vantagem, mas não estava mais aberta para jogar esses jogos. Ela era mais poderosa do que ele agora e chegara a hora de ele reconhecer isso. A desigualdade em seu relacionamento – se é que eles iam ter um – havia mudado a seu favor.

Você tem a sua própria magia, mas ele não respeita isso.

"Victoria..."

Ela viu o sangue em suas mãos por causa do vidro da janela quebrada. Distraída, curou os cortes com um feitiço que nunca havia usado antes, mas, inexplicavelmente, sabia de cor.

Você já o tornou mais poderoso que nunca, e como ele retribui? Te subjugando e te tornando subserviente.

Sua mão puxou e pegou a gravata dele, e um momento depois eles estavam de volta ao apartamento de solteiro de Max.

Seu peito elevou-se e abaixou em uma respiração profunda. "O que ele fez com você, gatinha?", perguntou suavemente.

"Não estou com vontade de conversar, Max", disse ela, lambendo os lábios gulosamente para todas as perspectivas que sua coleção de brinquedos oferecia. *Se ele realmente a ama, deixaria vocês dois brincarem.*

"Eu quero brincar."

"Quer?" Ele pegou o rosto dela entre as mãos, estudando-a. "Você pode combatê-lo, querida. Deixe-me ajudá-la."

"Você pode me ajudar agora", disse ela, repetindo o que ele havia dito mais cedo. *Por que só ele deveria ter toda a diversão?* "Tenho desejado você amarrado a uma cama desde a primeira noite em que nos conhecemos."

"Não é assim que as coisas funcionam, Victoria. Não entre bruxo e Familiar, e certamente não entre nós. Este não é o seu jeito de falar."

"É sim!" Ela se afastou dele. *Você deve ouvir os seus instintos, Victoria St. John, eles estão te dizendo o que você já sabe.* "Você está tentando me mudar desde que nos conhecemos. Você quer que eu seja algo que não sou!"

O maxilar dele se apertou. "Estamos juntos há quase dois anos. Você não me parece o tipo de mulher que atura um homem por muito tempo se não estiver satisfeita."

"Isso foi antes." *Lembre-se de quem você era antes de Westin vir te caçar. Lembre-se do poder que você tinha. O Conselho Superior deixou Darius Whitacre morrer. Alguma vez você os fez pagar por isso? Você já usou Westin da maneira como ele te usa?*

"Antes do quê?"

"Antes de eu enxergar o que você realmente quer!" Ela virou-se de costas para ele. "Jezebel abriu meus olhos."

Max podia imaginar a cauda da sua gatinha balançando agitadamente. Mas não precisava imaginar a escuridão de sua aura, ele quase podia tocá-la no ar. "Eu quero *você*."

Ela olhou-o por cima do ombro, manhosa como um gato. "Você pode me ter... desde que seja um bom menino, Max."

Ele mudou de tática. "Tudo bem. Vamos pegar Xander Barnes primeiro. Resolvemos as coisas com ele, então teremos todo o tempo do mundo."

Jogando a cabeça para trás, ela riu e caminhou em direção à parede que exibia sua seleção de chicotes e chibatas. "*Agora* você quer que eu cace com você? Depois de, praticamente, eu ter implorado e você ter negado?"

Max passou a mão pelo cabelo, frustrado pela própria contribuição que havia dado para o desastre que estava enfrentando. Ele havia deixado Victoria vulnerável em todos os planos: o mágico, o físico e o emocional. Mesmo quando se encontraram pela primeira vez, nunca haviam ficado tão distantes. Ele não podia suportar.

Por outro lado, não podia deixar que isso afetasse seu julgamento. Caçadores que permitiram que a emoção anulasse a razão estavam condenados ao fracasso e ele não podia falhar agora.

"Eu cometo erros, Victoria", admitiu. "Neste caso, eu subestimei o quanto preciso de sua ajuda. E também subestimei Powell."

Victoria caminhou até a cômoda onde ele guardava os brinquedos que colocava dentro dela. "Não ponha na sua caça a culpa sobre os nossos problemas."

"Devo ter perdido alguma coisa na tradução, então. Por que você não me ajuda a lembrar o que aconteceu hoje? Qual é a última coisa de que se lembra antes de eu vir para casa?"

"Lembro-me da sua amante muito à vontade no meu apartamento! Usando um maldito colar com o seu nome!"

"E como é que você conseguiu saltar disso para onde estamos agora?" Com ela vestida com uma roupa completa de dominatrix que ele nunca soube que possuía. Ele não costumava se preocupar pesquisando como tinham sido as coisas antes entre ela e os Caçadores previamente designados para dominá-la.

Mas mesmo o ciúme não podia fazer seu pau parar de latejar enquanto ele olhava para aquela nova Victoria. Apesar de tudo ter dado errado – ou talvez por causa disso e de sua necessidade desesperada de se reconectar –, ele se sentia dolorosamente atraído por esse novo lado dela.

Ela tirou um consolo de vidro de uma gaveta e correu os dedos para cima e para baixo de sua extensão. Então o levou aos lábios e lambeu a ponta. Max conteve um gemido.

"Percebi que devo começar do jeito que desejo prosseguir", disse ela, olhando-o por baixo dos cílios espetados. "Relacionamentos são uma via de mão dupla, Max."

"Eu te dei tudo o que tenho." Ele estendeu a mão com a sua magia e bateu na parede de poder que irradiava dela. Ela estava se desviando dele a cada momento, um sinal irrefutável de que havia sido contaminada por magia negra. "E vou continuar dando até o meu último suspiro."

"Tudo, exceto a sua submissão."

"Eu não sou um interruptor, gatinha."

Seu pé bateu um *staccato* rápido contra o cimento. "Talvez eu seja. Isso quer dizer que somos incompatíveis?"

"Você não achava isso há uma hora atrás."

Ela estreitou o olhar para ele, e depois desapareceu, sumindo num segundo diante de seus olhos.

"Victoria!", ele gritou, com os punhos cerrados.

Foi diabolicamente inteligente o que Barnes havia feito, tirando a âncora de Max, enquanto ela ainda respirava. A morte teria sido mais suportável do que perdê-la para a magia negra. E ele não poderia levá-la ao Conselho como tinha levado Jezebel, não apenas porque estava enfraquecido em um estado perigosamente baixo, mas porque temia que dessem um fim nela para mitigar qualquer ameaça que ela pudesse representar.

Esquadrinhou a mente buscando por opções, tentando neutralizar os feitiços que Barnes poderia ter usado para transformar Jezebel e Victoria.

"Magia de sangue", murmurou, sabendo como ela podia ser poderosa.

Mas apenas enquanto Barnes estivesse vivo.

Westin é realmente o homem certo para você? Não há alguém lá fora que poderia te servir melhor?

Victoria marcava presença nas boates. Inquieta e guiada por impulsos contra os quais não podia lutar, ela rondava a cidade em busca de algo que não conseguia definir. Irritava-lhe a necessidade que sentia de voltar para Max. Uma necessidade motriz e estimulante. Nunca se sentira tão despedaçada antes, como se estivesse em guerra consigo mesma.

"Parece que você está com vontade de brincar, linda."

Ela virou a cabeça para o homem que falava com ela. Era alto e bem apanhado, ruivo e com olhos brincalhões. Seu olhar o esquadrinhou da cabeça aos pés, assim como fez a sua magia. Ele era humano.

Sua boca se curvou, seus pensamentos já antecipando como seria divertido dominar esse homem robusto. Fazia muito tempo que ela tinha sido autorizada a tomar as rédeas.

"Você está com vontade de brincar?", ela ronronou.

"Sempre. Posso te pagar uma bebida?"

Ela balançou a cabeça, pensando sobre aonde levá-lo. O apartamento de Max seria o ideal, mas ela descartou essa possibilidade. Seu apartamento era uma opção, principalmente depois que Max tinha considerado adequado levar sua ex-amante para lá. Mas um lampejo indesejado e injustificado de culpa a deteve.

Droga.

"Vamos para algum lugar", disse ela, decidindo que era melhor deixar a decisão a cargo dele. Talvez ele tivesse seus próprios brinquedos.

Ele sorriu e estendeu a mão. "Steve. Sentindo-me imensamente sortudo por ter te conhecido esta noite."

"Victoria." Seus dedos roçaram a palma da mão dele, mas nesse toque faltava a conexão quente e mágica que ela sentira com Max. Uma sensação de vazio cresceu em seu ventre. A música do clube jorrava forte dos alto-falantes, estimulando os clientes a se beijarem. Casais e trios se esfregavam uns contra os outros na pista de dança, inundando o ar com o cheiro de excitação e feromônios, mas ela se sentia estranhamente desconectada.

"Vamos lá, Vicky." Ele pegou a mão dela enquanto ainda estava estendida e entrelaçou os dedos deles. "Tenho um quarto virando a esquina."

Westin tem você sob seu feitiço, Victoria. Whitacre nunca te controlou assim.

Ela franziu o cenho quando permitiu que Steve a conduzisse em meio à multidão até a saída. Ouvir a sua consciência nunca tinha sido tão difícil. E o uso de Steve do apelido de "Vicky" só piorou as coisas. Apenas Darius podia chamá-la assim.

A voz de Max ecoou em sua mente. *Este não é o seu jeito de falar.*

Sua mão apertou a de Steve. O bruxo tinha torcido a mente dela... a deixado confusa. Ela nunca tinha se sentido em conflito maior.

"Mora na cidade?" Steve perguntou quando saiu para a calçada.

"Sim." Ela havia se mudado depois que Darius morreu, mais perto do principal centro da magia no país, para ter mais oportunidades de provocar o Conselho.

"Eu gosto daqui", ele continuou, preenchendo o vazio deixado pela sua resposta curta. "Minha primeira viagem de negócios. Vou ter de agradecer ao meu chefe por sugerir esta conferência."

Obrigando-se a concentrar-se no homem com que estava, ela disse: "Talvez eu tenha que agradecer a ele também".

Os olhos dele brilhavam à luz dos postes. "Preciso perguntar: você vai ser gentil comigo?"

"É isso o que você quer?"

"Não."

Ela sorriu com gosto. "Ótimo. Não tenho muita certeza se vou conseguir ser gentil esta noite."

Uma onda de desejo atravessou o corpo grande de Steve. A pele dele se aqueceu com o seu toque. "Está sendo uma daquelas noites, querida?"

As narinas dela se alargaram, enchendo seus sentidos com o aroma de sua luxúria e emoção. "É... pode apostar que sim."

Capítulo dez

Max foi para as ruas. Barnes estaria por perto, sabendo que o Caçador estava vulnerável agora como nunca tinha estado antes. Esta caçada havia se transformado em um jogo para Barnes, pelo qual ele estava disposto a arriscar-se a ser capturado. Vencer Max não iria impedir o Conselho de continuar atrás dele, outros Caçadores viriam a seguir. Não serviria nem mesmo para o bruxo ganhar tempo, porque Max estava bastante certo de que o Conselho já tinha envolvido outros na caçada. Eles provavelmente não confiavam nele como antes, e a susceptibilidade de Jezebel havia aumentado a desconfiança.

Vir atrás de Max era um esporte para Barnes, uma chance de obter uma pequena vingança após os anos de encarceramento que tinha sofrido.

Victoria, onde está você?

Ele reprimiu brutalmente o desejo de encontrá-la. Seria inútil, enquanto ela estivesse sob a névoa da magia do sangue. Fosse qual fosse a programação que Barnes tinha dado a ela, seria impossível rompê-la enquanto o bruxo estivesse vivo.

Mas ele não podia lutar contra o medo por ela. Por *eles*, como casal, porque tinham deixado uma brecha para Barnes explorar. Durante todo esse tempo Max acreditara que era simplesmente uma questão de aclimatação que causou a resistência que Victoria exibia ocasionalmente. Ele tinha assumido que no fundo ela era como todos os Familiares. Mas talvez ela fosse única, para além da magia que Darius lhe dera. Talvez ela realmente precisasse compartilhar o controle, em vez de abandoná-lo completamente.

Se esse fosse o caso, ele podia ser o homem de que ela precisava?

"Westin. Você parece tão desesperado."

Enrijecendo-se, Max diminuiu a velocidade e olhou para a sua vítima. Um sorriso irônico pontuou seu pensamento. Realmente, *ele* era quem estava sendo caçado. "Está sendo um dia difícil."

Barnes saiu das sombras. Parecia bastante inofensivo na aparência, como um homem de trinta anos que saiu para um passeio, mas o poder escuro emanava dele, esbofeteando Max com tanta fúria que quase o fez tropeçar, dando um passo para trás. "Isso é muito ruim. Foi um grande dia para mim."

Max assentiu. "Você queria Powell morto."

"Ele acabou se tornando um problema", disse Barnes, encolhendo os ombros. Vestia-se melhor agora. Quando Max o caçou pela primeira vez, era um marginal. Agora, usava calças e camisa sob medida, com sapatos clássicos polidos e gravata. "E ele foi estúpido o suficiente para pensar que era mais esperto que eu."

"Eu subestimei você também."

Barnes gostou disso. Sorriu. "Esperava que você fosse mais difícil."

"Lamento decepcionar." Max tentou entrar em contato com Victoria, puxar pelo menos um pouco de sua magia de volta, mas não havia nada do outro lado de sua conexão. Era como se ela tivesse sido cortada completamente.

Um velho passeando com seu chihuahua passou por eles, dando-lhes uma grande distância e um olhar desconfiado. O cão começou a latir para Barnes e a forçar a coleira, mostrando os dentes para o bruxo. Barnes agachou e sorriu. O cão ganiu e fez xixi em si mesmo.

"Remy!", o velho repreendeu. "Cachorro mau. Vamos."

O bruxo se levantou, rindo. "O mundo está cheio de criaturas patéticas, não é, Westin?"

"Assustar cães de pequeno porte deveria estar abaixo de você", disse Max, permitindo que a varinha enfiada na manga de sua camisa deslizasse para fora até a palma da mão. Era a ferramenta de aprendizagem de uma criança, que ele não tinha usado por séculos, e apenas brevemente naquela época. Servindo apenas para ajudar a focar a magia na fase de treinamento, ela não tinha qualquer poder em si, mas Max precisava de toda a ajuda que pudesse conseguir. Havia usado a maior parte da magia que possuía para ir ao reino Transcendental obter ajuda.

Ele não era o único que amava Victoria e faria qualquer coisa para mantê-la segura.

"Nada está abaixo de mim. É por isso que sou tão poderoso hoje." Barnes esfregou a mão sobre o maxilar. "Colocar regras sobre a magia é o grande equívoco do Conselho. A magia é viva, ela respira. Encarceramento é um crime."

"Você não dá a mínima para a magia. É o poder que você deseja. Você está bêbado com isso."

"Acho que você não estaria tão despeitado se ainda tivesse o seu", Barnes incitou, o olhar duro.

"E eu acho que você não estaria tão arrogante se soubesse que o Conselho estava prestes a me caçar. Eles mesmos, porque acreditam que Victoria me tornou muito poderoso. Se eu fosse você, teria considerado uma punição melhor que esta. Olho por olho. Em vez disso, está fazendo um favor a Eles."

Barnes não gostou disso. Seu sorriso desapareceu. "Talvez você tenha um desejo de morte, Westin."

"Talvez." Ele jogou com a sua vulnerabilidade. "Não quero viver sem Victoria e você a colocou longe de mim. Então é você ou eu, Barnes."

"Bem, acho que nós dois sabemos como isso vai acabar."

Max estendeu a mão ao enviar magia correndo ao longo do comprimento da varinha para atacar Barnes no peito. O bruxo cambaleou para trás, girando, mas rapidamente se endireitou e disparou de volta.

O peso do golpe tirou Max do chão e o fez voar vários metros. Sem fôlego e com dores terríveis, ele se enrolou em si mesmo, tornando-se o menor alvo possível. O próximo golpe de magia tomou seu coração e pulmões, enegrecendo sua visão. Seus arredores esmaeceram, e rugidos encheram seus ouvidos. O próximo golpe iria matá-lo.

Victoria... Seus olhos bem fechados enquanto a agonia contorcia seu corpo. Como ela iria sobreviver depois de perder os dois bruxos que amava? *Fique bem, gatinha*, ele sussurrou para ela. *Eu te amo.*

"Aqui estamos", disse Steve, parando na frente do Hotel Intercontinental. Colocou a mão na parte baixa das costas de Victoria, guiando-a através da porta giratória na frente dele.

Não te deixei com Westin para isso, Vicky.

Ela parou abruptamente e a porta bateu nela por trás, empurrando-a para a frente. Ela tropeçou em Steve.

Darius? respirou, surpresa ao ouvir novamente a voz amada.

Você me disse que o amava... que queria estar com ele. Se mudou de ideia, querida, vou trazê-lo para mim. Não existe a menor chance de eu deixá-la para outra pessoa.

"Calma", disse Steve, aproveitando para passar as mãos pelas costas dela. "Você está bem?"

Ela balançou a cabeça. Não, estava longe de estar bem. A sensação de mal-estar e de pavor embotava seus sentidos. Ela abriu a boca para lhe dizer que havia mudado de ideia.

Uma dor lancinante a atravessou, fazendo-a arquear as costas e se achegar a Steve.

Fique bem, gatinha. Eu te amo.

O terror a inundou. *Max!*

Por um instante ela podia enxergar claramente, como se o espesso nevoeiro tivesse sido assoprado momentaneamente para o lado, dando-lhe uma visão clara.

Max estava morrendo. E o seu coração estava se partindo.

Barnes gritou, um som de fúria e dor. Vidros quebraram-se nas proximidades. Max sentiu a mágica serpentear firmemente ao seu redor e, em seguida, explodir com uma força ressonante. Uma mulher gritou, um homem xingou. Passos martelaram a cabeça de Max.

O poder surgiu em Max com a força de um furacão, empurrando para fora a dor e recompondo seus órgãos. Ele ficou em pé, avistando Gabriel Masters agachado ao lado dele e disparando rajadas tão rapidamente que Max não conseguia registrar todas. Mas Barnes estava cercado por magia negra, envolto por ondulantes sombras que o protegiam do ataque implacável. Impressionado e profundamente grato porque o outro Caçador havia respondido à mensagem que deixara, Max reuniu a magia que fluía através dele e se preparou para entrar na briga.

A aura de Victoria pulsava através dele. Poder circulava dela, um círculo em fúria que ganhava força com cada passagem. Estava escuro e enfumaçado, mais preto que branco, e sua potência era tão feroz que ele se sentia como se sua pele estivesse queimando em um esforço para contê-la. Vento girava em torno dele, só dele, seu cabelo chicoteando com seu furor. Poder inchou dentro de si.

Ele a viu. Estava parada atrás de Barnes, com os olhos brilhando na noite, os braços levantados e estendidos, esperando Max golpear para que ela pudesse aumentar o poder dele. Suas pernas estavam bem abertas e ancoradas no cimento, suas belas feições mais frias e determinadas do que ele jamais tinha visto. Pronta para matar.

Barnes disparou contra Max com tanta força que o golpe sacudiu seus ossos, mas ele ficou de pé e ileso, fortificado pela sua fúria. Victoria tinha voltado para ele, mas ela não era mais a mesma. Ele não sabia se um dia voltaria a ser a mesma, agora que havia sido tão completamente contaminada. Ele não sabia se ela estava voltando para ele para sempre ou apenas naquele momento.

Tudo o que ele sabia era que Barnes precisava morrer.

Masters gritou quando um golpe o levou para trás, fazendo-o rolar sobre si mesmo. Max disparou. A bola de magia penetrou no manto em torno de Barnes e o mandou para trás em um passo trêmulo... em linha reta para o arco de luz de Victoria, que o deixou uivando de dor e de ira. Girando, o bruxo cambaleou em sua direção. Max se mexeu, correndo para a frente e atacando. Masters apareceu à sua esquerda, disparando contra o flanco do bruxo. O golpe triplo era irreversível.

Barnes explodiu em um estouro de luz negra, sacudindo os edifícios ao seu redor e arrebentando as luzes da rua. Um escuridão negra desceu, bloqueando toda a luz.

Victoria gritou seu nome, e Max gritou em resposta. Ele lançou-se em direção ao som da voz dela, movendo-se por instinto, grunhindo quando seu corpo esbelto encontrou-se com o dele.

Então ele os levou para longe, deixando tudo para trás.

Epílogo

Victoria olhou pelas janelas enormes para os quilômetros infinitos de neve que se estendiam à sua frente. A casa ficava no alto de uma montanha, em uma das partes mais remotas do mundo, escondida da vista dos olhos humanos e do monitoramento por satélite.

Uma semana se passara desde a noite em que ela havia ajudado Max e Gabriel a vencerem Xander Barnes. Ela não tinha tido nenhum contato com ninguém, nem mesmo com o bruxo que dividia a casa com ela. Ele estava ali, tão perto. Tão lindo. Tão silencioso. Ele esperava, como o Caçador astuto que era. Esperava e observava, seus olhos de prata seguindo quase todos os movimentos que ela fazia. À noite, ele dormia em um quarto diferente. Uma cama diferente.

À medida que as horas passavam, ela se sentia mais e mais como ela mesma. Seu desejo por Max crescia a cada dia até que se tornou uma fome voraz e irresistível.

A tendência dele de andar pela casa vestindo nada além de calças de pijama de cintura baixa também não ajudava.

Mas as coisas estavam diferentes agora. Ela estava diferente agora. A compulsão que Barnes tinha programado para ela se fora, mas a mancha de magia negra havia permanecido e libertado um desejo diferente. Quando ela e Max fizeram amor, ela se perdeu em seu toque... sua fome. Pelo menos uma vez, ela queria tê-lo em seus termos. Para mostrar-lhe a profundidade do seu amor, de alguma forma que não fosse através de sua submissão.

Mas ele não era um interruptor, e a intimidade que ele sentiram uma vez juntos havia ido embora, deixando em seu lugar uma cautela que tornava difícil para ela chegar até ele.

Pelo menos em sua forma humana.

Mudando de forma, ela caiu no chão e se livrou das dobras de seu vestido longo. Procurou por ele, permitindo que seus instintos animais a guiassem. Tinha que haver uma maneira de eles encontrarem um meio termo confortável. Se pelo menos pudessem resolver isso juntos...

Ela caminhou pelo corredor, passando pelo seu quarto e encontrando o dele vazio. Apressou o passo, explorando sua curiosidade aguçada pela primeira vez em vários dias. A casa permanecia um mistério para ela, depois de ter passado tanto tempo apenas tentando colocar a cabeça no lugar. Ela dormia, comia quando Max cozinhava e se deitava no sofá assistindo à TV sem realmente prestar atenção. Era como acordar depois de um longo cochilo, lutando contra a sonolência que acompanhava sua volta à realidade.

Chegando ao final do corredor, Victoria viu uma porta semiaberta. Diminuiu o passo e cheirou, ronronando ao sentir o cheiro sombriamente sedutor da pele de seu bruxo. Abriu a porta com uma pata erguida, sentando enquanto ela balançava silenciosamente.

Max estava próximo à parede do fundo, as costas se flexionando quando estendeu a mão e colocou um chicote em seu lugar acima da lareira, o cabelo escuro alisando suas escápulas.

"Olá, gatinha", disse ele naquela voz profunda e áspera que ela amava e tinha sentido saudades de ouvir.

Ele se virou para ela, e ela o bebeu, seu olhar deslizando sobre os ombros poderosos, peitoral firme e abdômen profundamente definido. Abaixo do nó de seu cordão, seu pau grosso e pesado pendurado entre as coxas musculosas. Suas ronronadas aumentaram de volume. Sua cauda chicoteava com antecipação.

A cama enorme esperava à direita, enquanto a parede oposta exibia uma vasta coleção de chicotes, chibatas e instrumentos de sadomasoquismo acima da lareira. Duas caixas esperavam ao pé da grande cama – uma branca, outra negra. A branca tinha seu nome inscrito na tampa, enquanto a outra tinha o dele. A cruz de Santo André estava afixada na parede, perto de uma cadeira de sadomasoquismo e de balanços suspensos a partir de uma das largas vigas no teto. Luz vazava pelas claraboias acima, bem como da parede de janelas sem cortinas atrás da cama.

Ela mudou de forma. Ele prendeu a respiração com a sua nudez, e o alívio brilhou através dela. Ele ainda a queria.

"Max", disse ela, a voz rouca de desejo.

Ele cruzou os braços, provocando-a com a visão dos bíceps esculpidos. Ele era tão forte, e ainda assim, mesmo nos extremos de sua luxúria, ele nunca havia feito mal a ela.

Imóvel, ele esperou.

Ela engoliu em seco. "Agora somos *rogues*?"

"Estamos tão bem como se estivéssemos mortos. Se ficarmos na nossa, duvido que eles vão nos caçar. Mas você tem que desistir de tudo. Tudo o que possui. Tudo por que você trabalhou."

"Tenho que desistir de você?"

Ele pigarreou, o único sinal de que não estava tão calmo como parecia. "Espero que não. Espero que você me dê uma chance de... me ajustar."

Victoria se aproximou. "Você faria isso por mim?"

Seu olhar se aqueceu, ficou mais afetuoso. "Eu faria qualquer coisa por você."

"Minhas necessidades são diferentes das suas, Max", ela explicou gentilmente. "Eu quero que você se limite às vezes. Quero te dar prazer sem me sentir perdida com o que você está fazendo comigo. Quero a sua rendição, mas não quero que você se torne submisso."

Seu peito se expandiu em uma respiração profunda e lenta. "É difícil para mim, Victoria, precisar de você tanto assim. Amar você é ao mesmo tempo a coisa mais fácil e a mais difícil que já fiz."

"Você acha que eu não estou com medo? Especialmente agora." Ela olhou para fora das janelas, no interminável trecho branco. "Ser um Caçador não é apenas o que você faz, é quem você é. Não tenho certeza de que eu posso ser o que você precisa quando eu sou a única coisa que você tem. Se é que isso faz algum sentido."

"Gatinha, a vida com você nunca vai ser monótona." Max veio até ela e envolveu suas grandes mãos em torno de sua garganta, como o colar que ela usava. "Além das brincadeiras que vamos jogar nesta sala, temos muito a descobrir por meio da magia. Masters estava certo. Você e eu somos um emparelhamento único, e nós nunca realmente exploramos isso. Vamos nos permitir essa exploração. Quem sabe do que somos capazes?"

"Somos mais cinzas do que brancos agora", disse ela, agarrando-lhe os pulsos. "E quando eu estou em cima de você, e você está gozando em mim, a magia pode."

"Eu sempre gozo em você, não importa quem está no topo."

Ele pressionou sua boca na dela, e Victoria relaxou, varrendo as preocupações para fora de sua mente. Eles tinham isso. Se tinham um ao outro. O resto iria se resolver.

Ela o beijou de volta, seus lábios se curvando com amor em um sorriso felino.

QUER SABER MAIS SOBRE A LEYA?

Fique por dentro de nossos títulos, autores e lançamentos.

Curta a página da LeYa no Facebook, faça seu cadastro na aba *mailing* e tenha acesso a conteúdo exclusivo de nossos livros, capítulos antecipados, promoções e sorteios.

A LeYa está presente também no Twitter e Google +

www.leya.com.br

facebook.com/leyabrasil

@leyabrasil

google.com/+LeYaBrasilSãoPaulo

Este livro foi composto em
Sabon LT Std
e impresso para a LeYa
em abril de 2014